JN166811

社員食堂に三つ星を

山本幸久

角川文庫
24315

目次

Ⅰ　悪玉コレステロールをやっつけろ！

ドウゥンワドウゥンワドウゥンワッ。
ドウゥンワドウゥンワドウゥンワッ。
『フットルース』の前奏で日元《ひもと》みなほはぱちりと瞼《まぶた》を開いた。多少の眠気はある。なにせ朝五時半だ。それでもベッドから這《は》いでて、曲を流すスマホを片手にリビングを通り抜け、キッチンへむかう。寝間着代わりの長袖《ながそで》シャツと七分丈のパンツのまま、曲にあわせて軽く踊りながらだ。

数年前にリフォームした築七十云《うん》年だかの平屋の一戸建てで、3LDKと一人暮らしをするにはやや広すぎるがやむを得ない。社宅なのだ。庭まであって、独り身のみなほはすっかり持て余していた。

前奏がおわり、〈おいらはメッチャ忙しい〉とケニー・ロギンスが唄《うた》いだしたところで、スマホをテーブルに置く。天板が檜《ひのき》の一枚板で、おなじ素材の椅子が六脚囲んでいる。ぜんぶで百万円は下らない代物だ。買ったのではない。もともと、ここにあった。家具と家電はすべて備え付けなのだ。それはいいのだが、いずれもファミリーむけのため、炊飯器は五・五合炊き、冷蔵庫など実家のよりも大きくて観音開きタイプだった。一週間分の食材を入れてもスカスカで、独り身の寂しさをあらわしているかのようだ。

その中からニギスの丸干し、塩分控えめのお味噌《みそ》につくり置きの出汁《だし》が入ったガラスポット、野菜室を開き、からし菜をだす。

ニギスは似鱚と書く。その名のとおりキスに似た魚だが、まったく別系統の魚らしい。よく獲《と》れるのは日本海側でこのへんの名産ではない。それでもうまいさけ、いっぺん食べてみてやと昨日、立ち寄った魚市場で薦められ、買ってきたのである。ぜんぶで十四だったが、昨夜、晩酌代わりの夕飯で半分食べた。丸干しでも身はふっくらして柔らかく、適度な噛《か》みごたえがあり、絶妙な塩味と脂ののりもよくておいしかった。

あれも食べておくか。

もう一度、観音開きのドアを開いてだしたのは、山椒《さんしょう》の実の佃煮《つくだに》だ。魚市場の前に、商談にでかけた農園で買い求めたものである。これも昨夜、食べているのだが、山椒にしては大粒で、その香りとともに醬油《しょうゆ》の味わいも口の中に広がっていくのが、たまらなかった。

朝食は昼までの活動エネルギー源だ。睡眠で低下した体温をあげ、身体を目覚めさせ、血液中のブドウ糖の量もあがるので、脳を活性化させる。朝食を食べないと、脳出血のリスクが上昇する可能性を示す研究結果が、国立がん研究センターから発表されてもいる。朝食を抜くのは百害あって一利なしと、吉祥寺《きちじょうじ》の栄養専門学校で叩《たた》きこまれた。以来、朝食を抜いたことはほとんどない。

出汁を鍋《なべ》に入れて火にかけ、からし菜を食べやすい大きさに包丁で切っていく。『フットルース』はサビにさしかかり、みなほは右に左にステップを踏む。曲を流しているスマホは解約したもので、三世代も前の機種だ。Wi-Fiに接続したとき、曲をダウンロードしておけば、どこでも聞けるので、いまは音楽プレーヤーとして利用していた。

ピィンポォンピィンポォン。

インターホンが鳴った。つづけて「おはようございますぅ」と、しゃがれていながらもどでかい声が聞こえてきた。「朝早《はよ》ぅごめんないで。新沼《にいぬま》ですぅ」

だったらこないでくれと思う気持ちをぐっと抑え、「はぁい。ちょっとお待ちくださぁい」と応《こた》えつつ、曲を一時停止し、リビングに脱ぎ捨ててあったパーカを着て、玄関口のドアを解錠してそっと開く。

「直売所に朝採れ野菜を届けにいってきた往《い》になんや。前通ったら景気のええ音楽が流れてたさけ、もう起きてるんやと思て寄ってん」

挨拶《あいさつ》もそこそこに新沼さんは捲《まく》し立てるように言った。後期も後期の高齢者でアラナインティなのだが、足腰はピンシャンしているし、認知症も患っていない。ただし耳が遠いからか、声がデカかった。そのうえこの町で会ったひとのだれよりも訛《なま》りがヒドいせいで、なにを話しているのか、ときどきわからないこともある。いちばん近いご近所さんだが、社宅のまわりは畑と雑木林で、徒歩だとスープが冷めてしまう距離だった。

「よかったらこれ」

野菜が入ったレジ袋を差しだしてくる。よかったらもなにも受け取らざるを得ない。

「ありがとうございます」

袋の中をのぞく。ししとうだが一本が十五センチほどと長い。ざっと見て三、四十本はあるだろう。新沼さんからはいままでも野菜をもらったことが何度かあった。

「がいなししとうやろ」

「はい」そういう名前のししとうなのだろう。

「砂糖と醤油とお酒で甘辛に炒《いた》めるのがお勧めや。かつおぶしをかけたらなおええ。辛味がほとんどないけ、こんくらいの量、あっちゅう間にのうなる。ししとうは肌がきれいになるそうやさけ」

「よくご存じですね」

ししとうに含まれた成分、β《ベータ》カロテンは皮膚の張りと潤いを守ってくれるのだ。

「そりゃ自分がつくっとる野菜のことくらい知っとる。あ、でもおまえさん、栄養士の先生やけ、釈迦《しゃか》に説法だったか。こりゃ失敬」

新沼さんは大きく口を開いて笑った。こういうとき、みなほはどうしていいのか、いまだにわからず、ただひたすらつくり笑顔を保つよう努めるしかなかった。

みなほは吉祥寺の栄養調理学校に二年通ってウマカフーズに就職、赤坂《あかさか》にある外資系

IT企業で二年、つぎに麻布十番《あざぶじゅうばん》のカード会社で二年九ヶ月、それぞれの社員食堂で栄養士として働いていた。ある意味、港区《みなと》女子だったのだ。

昨年の十二月アタマ、B&I部門栄養職管理部統括マネージャーに、本社へくるよう命じられた。三ランク上の上司で、それまで言葉を交わしたのは三、四回でぜんぶあわせても五分に満たない程度だった。

昇進の話にちがいない。というのもみなほには麻布十番のカード会社の社員食堂を一般開放しようと提案し、コロナ禍にもかかわらず、一年がかりでオープンにまで漕《こ》ぎつけただけでなく、売上げも向上させたという実績があったからだ。期待に胸を膨らませつつ、駒場《こまば》にある本社へいった。だがちがった。高校大学とラグビー部出身のいかつい統括マネージャーから異動を申し渡された。今度は港区どころか東京ですらなかった。

ウマカフーズは東京本社の他に札幌《さっぽろ》、名古屋《なごや》、大阪、福岡に支社がある。総合職は本社採用のみ、栄養職と調理職はそれぞれの都市で採用され、赴任先は限られていた。東京本社だと関東甲信越地方と東北および北陸の一部の県が管轄だった。南は箱根《はこね》を越すことはないと社内ではよく言われている。なのに箱根どころか名古屋を飛び越え、紀伊《きい》半島の南西部にある白波町《しらなみちょう》がみなほの赴任先だった。その町にあるヒヨコ家具の社員食堂をウマカフーズが業務委託されており、そこで働くよう命じられたのである。

実家に戻って親の面倒を見たいという本人たっての願いで、管轄外の生まれ故郷に赴任させてもらった例はいくつかあった。しかしみなほは白波町とは縁もゆかりもない。

どうして私なのですか？

みなほの当然の問いに、統括マネージャーはこう答えた。

より多くの体験を積んで、知見を広げてもらうため、若手社員を中心にエリア間の垣根を越えての異動がおこなわれることになったんだ。我が部署の栄えある第一号がきみだ。言わば選ばれし者だな。つぎは必ず東京都内の社員食堂に戻す。その際にはサブチーフへの昇進を約束する。

好条件に聞こえなくもない。しかし肝心な事が抜けている。赴任期間だ。どれくらい紀伊半島にいればいいのか、みなほは訊《たず》ねた。

それはきみの努力次第だよ。実績をあげれば一年で戻ることだって可能だ。

実績をあげなければいつまでも帰れないのか、と思わないでもなかった。統括マネージャーは地域手当の説明をはじめた。基本給の五パーセントが毎月加算されるという。ボーナスアップの話もちらつかせてきた。社宅は一軒家車付きで家賃はタダ、帰省手当もでると条件を並べていった。いかつい容貌《ようぼう》なのに言葉遣いが丁寧でソフトなのは、みなほに気を遣っているのではなく、パワハラだと思われないように注意しているからだろう。

わかりました。お引き受けします。

ここで断ったら今後に響くかもしれない。みなほはそう答えた。

よかった。ありがとう。きみならだいじょうぶだ。ぜひ頑張ってくれたまえ。

統括マネージャーに礼を言われ、みなほは面食らった。そのあとの激励みたいな言葉も引っかかった。その理由がわかったのは、白波町に異動してからだった。

「うっさいなぁ。朝っぱらからテンション高すぎるって。それに今日は休み明けの月曜だよ」

おっはよぉぉぉございますっ。

運転席に乗りこむなり、グックーが話しかけてきた。

だからこそ元気ださなきゃ。今週も張り切ってまいりましょぉぉぉうっ。

「なにはともあれ、今日も安全運転で頼むよ」

もちろんでございますっ。ささ、早くキーを差しこんで、エンジンかけてくださいな。でなくちゃ俺、一歩も前にでられません。

「車でも一歩って言うの？」とツッコミを入れてから、キーを差しこみ、エンジンをかけた。

しゅっぱぁつシンコォォォォッ。

グックーは大きな声を張りあげると、社宅の庭をでていく。最初の十字路にさしかかり、みなほはハンドルを切ると、グックーは右に曲がった。

面舵《おもかじ》いっぱぁぁぁあい。

「そりゃ船でしょうが」

みなほはふたたびツッコミを入れる。

いま乗っているのは、ミゼットIIという二十年以上も昔に生産終了した車で、九〇年代おわり頃、会社が弁当配達用として使っていたらしい。東京だけでも二、三百台はあったのが、やがてお役御免になると、地方の営業所などに回していたという。つまり社用車なのだ。

二人乗りの小さな車なのに、荷台が付いていた。ボンネットの真ん中にくっついたタイヤはただの装飾ではなく、スペアとして使用できる。勤め先まで約三キロ半あるので、通勤には欠かせないし、買い物にも使う。土日にひとりでドライブへいきもした。いまや相棒と呼ぶべき存在だ。

みなほはこの車にグックーと名付けた。好きなアニメ『オバケデイズ』のキャラクターである。元は日本神話に登場するカエルの神様で、本名の多邇具久《タニグク》は言いにくいと、アニメではみんなからグックーなる愛称で呼ばれている。見た目はカエルそのもので、車体が緑色のミゼットIIはよく似ていた。

自分以外に走る車がない、山間の県道をひたすら走っていくと、グックーが訊ねてきた。

新沼さんがきてたけど、なにかまたもらったんですか？

新沼さんと知りあうきっかけはグックーだった。帰宅途中、社宅近くの畦道《あぜみち》で、前方の右タイヤを側溝に落として往生していたところを、たまたま通りかかった新沼さんに助けてもらったのだ。こっちに越してからまだひと月経っていない頃だった。

「がいなししとうっていうのをもらったんだ。新沼さんに教わったとおりにつくって食べてみたら、おいしくってね」

からくありませんでした？

「全然。苦味もなかったな。肉厚でピーマンみたいだけど、やわらかかったしね」

うまそうだなぁ。まだ残ってたら、素揚げにして煮浸しにしてみたらどうです？

「いいねぇ。夜、やってみるよ」

グックーはみなほの脳内の産物である。幼い子どもがぬいぐるみとお話をするのと変わらない。グックーはアニメとおなじ、みなほが好きな人気声優の声に設定しており、そう聞こえるようになっていた。我ながらヤバいと自覚はあるので、他人に話したことは一切ない。

いやあ、マジ、ヤバいですよぉ、みなほさんは。

「あんたが言わないの」

県道を進むと、不意に視界が広がり、海が見えてくる。突き当たりを右に曲がり、海沿いの国道に入った。

これまでの人生、実物の海を目にしたのはごく僅《わず》かなのだ。子どもの頃、家族旅行で伊豆《いず》や九十九里浜《くじゅうくりはま》へ海水浴にでかけているはずだが記憶にない。友達やカレシとお台場《だいば》や江《え》の島《しま》などへいったのは数える程度だった。そもそもほぼカナヅチなので、海どころかプールも自ら進んでいこうと思わなかった。左手に見える水平線のむこうになにもない海に、みなほはいまだに圧倒され、怖いくらいだ。

ここで左に曲がっちゃいません？

海から次第に離れていき、しばらくいった交差点が赤信号で止まったときだ。グックーが唆すように言った。これは出勤時のルーティンと言っていい。

白波町について驚いたことがふたつあった。ひとつは空港があることだ。みなほがはじめてその空港に降り立ったのは今年の正月三ヶ日明けだった。定期便は羽田《はねだ》と一日三往復なのにもかかわらず、それなりに立派というか本格的な空港なのだ。こんな片田舎の空港をだれが利用するのかと思ったが、どうやら観光客らしい。もうひとつはパンダである。空港に隣接するテーマパーク内の動物園にパンダがいて、その数は十二頭にものぼった。国内で上野《うえの》以外にパンダがいることはなんとなく知っていた。しかしよもやその町に自分が異動になるとは思ってもみなかった。

交差点を左に曲がって、パンダを見にいくわけではない。空港だ。羽田まで一時間ちょっとで着く。

「でも羽田への第一便は九時半だからね。いまいったって空港自体、開いてないよ」

東京に帰りたくないんですか。

「帰りたいさ」信号が青になった。左に曲がらず、国道をまっすぐ進んでいく。「でもいま帰ったら、逃げることになっちゃう。それじゃあ、いままでのひと達とおんなじだからね」

ウマカフーズがヒヨコ家具の社員食堂の運営を任されて十三年間、栄養士はつぎつぎと辞めていった。その数は二十八人にものぼる。理由ははっきりしていた。

女帝のせいだ。

「私は女帝に負けるわけにはいかないんだ」

みなほは鼻息が荒くなる。今日もまた女帝とやりあわねばならないからだ。

国道を右に折れ、緩やかな坂道をのぼっていくと、小高い丘に黄色い建物がふたつ並んでいるのが見えてきた。

あれぞヒヨコ家具だ。

ほぼ正方形で三階建てのほうが本社、平屋だが横長で、カマボコに似た形をしたほうが工場だ。食堂は本社の一階にあった。


「一、嘔吐《おうと》に伴う気持ち悪さはありませんか」

「ありません」赤星三十郎《あかぼしさんじゅうろう》が答える。

「ないッス」これは天野菊之助《あまのきくのすけ》だ。

みなほは赤星と菊之助の欄にペンでレ点を打つ。調理従業者の衛生管理点検表である。点検項目は十あって、どれかひとつでも当てはまっていたら、調理業務はできない。

「二、下痢に伴う腹痛の症状はありませんか」

「ありません」「ないッス」

つぎに体温計を赤星の額にかざす。すぐさまピピッと音が鳴り、液晶画面に三十六・三度と数字が表示される。菊之助は三十五・八度。三の項目が〈発熱をしていませんか〉なのだ。これまた表に書きこむ。

みなほは午前七時十分前に出勤したら制服に着替え、三畳ほどしかない事務室で、前日の来客数と売上げ、メールの確認などをすませたあと、今日のメニューを見つつ、足りなかったり、傷んで使えなかったりする食材や調味料はないかを倉庫でチェックする。納品や検品の際、さんざんたしかめているので、九九・九パーセントあり得ない。しかし残り〇・一パーセントが心配なのだ。そうこうしているうちに三十分が経ち、赤星と菊之助がつづけざまに出社してきた。制服に着替えたふたりと狭い事務室でむきあい、衛生管理の点検をはじめたところである。

赤星はみなほとおなじくウマカフーズの社員で、調理長だ。元々中華料理の料理人で、三十代前半に大阪の堺筋本町《さかいすじほんまち》に自分の店を持ったものの、十年近く前に潰《つぶ》れてしまい、その後ウマカフーズ大阪支社に採用され、大阪の主要都市にある社員食堂二カ所を担当し、ヒヨコ家具に赴任してきたのは六年前だった。

今年で四十七歳になる彼はみなほとほぼ変わらない背丈だった。百六十センチあるかないかだ。多少お腹はでているが、その歳にしてはスリムなほうだろう。髪は申し訳程度にしかない。口が悪いパート達には髪が薄くて影も薄いと言われている。

奥さんと娘ひとりの三人家族で、そんな赤星にこそ、みなほが住む社宅がピッタリなのだが、そうはいかない理由があった。奥さんが県庁所在地にある信用金庫で働いているからだ。重要なポストを任され、夫よりも稼ぎがいいらしい。かくして赤星は奥さんの職場に近い自宅マンションから、黒光りする４ＷＤで片道一時間半かけて通勤していた。

菊之助は昨年入学した高校を三ヶ月で中退、その後、この社員食堂でアルバイトをはじめてじきに一年だ。アルバイトなのでもう少し遅くてもかまわないのだが、厨房で調理前の準備をする赤星を手伝うため、彼とおなじ時間に出勤してくる。身長は百七十センチ足らず、体脂肪率は十二パーセントといったところか。それだけ無駄な肉がついていない。いつも背筋が伸びていて姿勢がよく、身体ぜんたいに安定感がある。十五キロ先の自宅からの自転車通勤のおかげで体幹が鍛えられているのだ。高校を辞めた理由はさだかではなかった。以前、赤星に訊《たず》ねてはみたものの、過去はどうあれ、いまきちんと働いてくれれば問題ありませんのでと言われてしまった。もっともだと思い、菊之助本人にも訊《き》かないことにした。無愛想でぶっきらぼうな彼の態度は反抗的というよりも、ただ単にオトナ相手にどう振る舞えばいいのか、わかっていないようだった。なにせまだ十七歳なのだ。

社員食堂での栄養士の仕事は多岐にわたる。カロリー計算をして栄養バランスを考えた献立作成、それに伴う食材発注、調理の補助をおこなう場合もある。こうした食に関することとおなじくらい、もしかしたらそれ以上に、衛生管理は重要な役割だった。

「四、手指や顔面に化膿創《かのう》がありませんか」

「ありません」「ないッス」

化膿創とは膿《う》んだ傷跡のことである。そこには黄色ブドウ球菌などが潜んでおり、食品に触れて付こうものなら大変だ。食中毒を引き起こす原因になる。

五は〈制服、帽子などは専用で清潔なものに、毎日交換されていますか〉だ。食堂の制服はひとりにつき三着、支給されており、一度でも袖《そで》を通したものは更衣室のランドリーケースに入れる。すると週二回、クリーニング屋が訪れ、洗濯したものと交換していく。ちなみにこの制服も黄色い。工場で働く職人達の作業着も黄色いし、本社の社員達が背広代わりに着ているジャンパーも黄色かった。

六の〈毛髪が帽子からでていませんか〉をたしかめるため、ふたりにはその場でくるりと一回転してもらう。七は〈作業場専用の履物を使っていますか〉だ。更衣室でコックシューズと呼ばれる靴に履き替えてある。これだけは黄色の既製品がなく白だった。

八は〈爪は短く切っていますか〉、九は〈指輪やマニキュアをしていませんか〉なので、ふたりには手を見せてもらう。問題なかった。赤星の左手の薬指には微《かす》かな凹《へこ》みがある。更衣室で結婚指輪を外してくるのだ。ちなみにみなほは指輪もマニキュアも白波町に転勤後、一度もしていなかった。休日もだ。見せる相手がいないのだから、しても意味がない。

「十、手洗いには調理作業時に着用する制服、帽子、履物のまま入らないよう守れますか」
「はい」「します」
これで十項目ぜんぶオッケーとなった。
つづけて今日の献立を赤星と改めて確認する。
主菜（二五〇円）：A酢鶏《すどり》（一四三kcal《キロカロリー》）　B茹《ゆ》で豚と温野菜（一五四kcal）
副菜（一〇〇円）：A高野豆腐キッシュ（八〇kcal）　B豆腐と山芋のふわふわグラタン（九六kcal）
小鉢（五〇円）：Aめかぶ納豆ユッケ風（三〇kcal）　Bこんにゃくの梅和《あ》え（二四kcal）
汁物（一〇〇円）：A野菜マシマシスープ（二五kcal）　Bとろろ昆布とおくらのネバネバみそ汁（四〇kcal）
ご飯：少なめ（八〇円／一六〇kcal）ふつう（一〇〇円／二五〇kcal）大盛り（一二〇円／三四〇kcal）
麺《めん》（四〇〇円）：A鯖《さば》そば（五九〇kcal）　B海藻たっぷりラーメン（五一〇kcal）
ヒヨコ家具の社員食堂では、食材の下拵《したごしら》えまではスタッフ全員でおこなう。そして調理は品目ごとに振り分けられていた。

「先日の打ちあわせどおり、酢鶏は赤星さん、お願いします」

「はい」

「今日のパートは郷力《ごうりき》さん、佐藤《さとう》さん、美園《みその》さんの三人です。郷力さんは茹で豚と温野菜、佐藤さんはスチコンで副菜の二品をつくってもらいます」

スチコンとはスチームコンベクションオーブンの略だ。ボタンひとつであらゆる加熱調理が可能なうえに、料理の中心温度の測定までできる優れものである。パートは全員、この機器の操作を熟知しており、だれに任せてもだいじょうぶだった。

「美園さんは麺」スープづくりと上に載せる具材の仕込みだ。麺茹でと盛りつけは注文時におこなう。

「菊之助くんはご飯とスープ、頼むね」

「ふぁあぁあぁあぁあああ」

返事の代わりに菊之助が大きなあくびをする。顎《あご》が外れるのではないかと心配になるくらいだ。

「き、菊之助くん。失礼ですよ」

赤星が言った。注意をしたのだろうが、あまりに気弱すぎる。

「すみません。友達とオンラインゲームやってて、気づいたら二時過ぎだったもんで。四時間くらいしか寝てないんスよ。でもだいじょうぶです。仕事はちゃんとするんで」

実際、菊之助は優秀だった。はじめは洗い場だけだったのが、やがて仕込みや盛りつけ、提供も任されるようになり、いまや飯炊きと汁物の担当だった。

ちなみにみなほも厨房に入る。小鉢の二種を担当し、仕込みや配膳《はいぜん》もおこなう。

「私からは以上ですが、なにか質問などありませんか」

「ありません」「ないッス」

「では今日も一日、よろしくお願いします」

ふたりは事務室をでて厨房へむかおうとする。

あ、そうだ。

「赤星さん」

「は、はい」みなほが呼んだだけで、赤星はビクリと身体を震わせた。ビビりにもほどがある。菊之助はさっさと先にいってしまう。「なんでしょう？」

「昨日、例の件を頼みに、まつざき農園さんにいってきまして」

「日曜日にわざわざお疲れ様です。いかがでした？」

「快く引き受けてくださいました」

「商談成立というわけですね。よかったです」

赤星は顔を綻《ほころ》ばせた。ひとのよさが滲《にじ》みでている笑顔だ。コテコテの関西人のはずなのだが、訛《なま》りはなく、だれに対しても丁寧語で話す。二十歳以上年下で、社歴もずっと後輩のみなほにも礼儀正しく、指示にはおとなしく従う。反対や抗議など一切しなかった。でもそれが却《かえ》ってみなほを不安にさせる。なにを考えているのか、本心がよくわからないからだ。

「まつざき農園さんから、野菜を一箱いただいてきたんですよ。今後の献立の参考として、まかないに使ってもらえませんか」

「わかりました。具体的にはいつからになりますか」

「再来週のアタマからにしようかと」

「パートさん達には話しました？」

「いえ、まだ」

「それはいけません」赤星は顔色を変え、僅《わず》かに残った髪の毛をしきりに触る。「早めに言わないと、あとあと面倒ですよ」

「今日のランチに話すつもりです」

「だったらいいのですが」

それでも不安げな顔のまま、赤星は事務室をでていった。


みなほがよくいく農産物直売所では、それぞれの野菜の前に、生産者の顔と名前が飾ってある。新沼さんのもあるのだが、顔だけではなく全身だった。右腕を垂直にあげ、左腕は肘《ひじ》を曲げて手を胸の前に、そして右脚を曲げ、左脚だけで立っていた。新沼さん本人に、これがシェーのポーズだと教えてもらった。この五ヶ月間、通っているうちに、生産者の顔と名前が一致しただけではなく、思いついたことがあった。

ウマカフーズは東京本社をはじめすべての支社それぞれに物流センターを持ち、あらゆる食材を仕入れて保管管理をおこない、会社や病院、シルバー施設などの食堂および学校給食へ配送していた。なのでヒヨコ家具の社員食堂の食材は、大阪支社の物流センターにみなほが発注すれば一括で調達できる。これはこれで大量に入荷できるぶん安上がりだが、それでも産地から大阪、そして白波町までの輸送費は莫迦《ばか》にならない。

野菜だけでも地元の生産者と契約し、仕入れたほうが安く済むんじゃないのかな。

この話を赤星にしたのが十日前だ。ぜひやりましょうと即答だった。物流センター経由だと野菜は収穫から納品まで数日かかり、鮮度が落ちてしまう。地元の農家ならば、採れたての野菜を提供できるので、ヒヨコ家具のみなさんによろこんでいただけるはずですと、彼にしては珍しく感情を露《あらわ》にして、えらく乗り気だった。つぎの週のアタマまでには、ウマカフーズ大阪支社とヒヨコ家具総務部の了解を得ることができた。

よくいく直販所で、いちばん印象の強い写真はシェーをする新沼さんだが、いちばん多く見かけるのは満面の笑みを浮かべる三十代後半と思《おぼ》しき男女のツーショットだった。ふたりとも明るく爽《さわ》やかな笑顔で、少し薹《とう》が立ってはいるものの、子ども番組にでてくる体操のお兄さんと歌のお姉さんのようだった。

写真の下には〈まつざき農園　誠《まこと》&真琴《まこと》の同音異字夫婦が力をあわせてつくった野菜です。ぜひお食べください！〉という自己紹介だけでなく、QRコードもあった。スマホで読み取ると、まつざき農園のウェブサイトにいくことができた。それによれば四季を通して十種類前後の野菜をつくっており、関西圏の飲食店に直で卸しているらしい。メールでコンタクトをとってみたところ、五分足らずで返信があり、六月第一日曜の昨日、まつざき農園の事務所におじゃますることになった。

県境の山脈を水源として、曲がりくねりながら白波町を横断し、太平洋に注ぎこんでいく鴛川《おしがわ》のほとりに、まつざき農園はあった。ヒヨコ家具とは反対方向で社宅の北東、グックーだと二十分弱の距離だった。

〈Welcome! MATSUZAKI FARM〉と書かれた門をくぐって、畑の中をしばらく走っていくと、二階建ての立派なログハウスが見えてきた。その前に立って、出迎えてくれたのは写真で見慣れた奥さんの真琴さんだった。旦那《だんな》の誠さんは農作業にでかけているとのことだった。

ログハウスは一階が売店とカフェで、二階が事務所だった。真琴さんの案内で事務所に通された。彼女は長袖《ながそで》シャツにデニムのサロペットという農作業に適したいでたちで、土の匂いを漂わせていた。テーブルを挟んで座り、改めて見ると茶色い髪の毛にくりっとした黒目がちな目、丸みを帯びた頰から齧歯類《げっしるい》の小動物を思わせる愛らしい容貌《ようぼう》で、写真よりずっと若々しく、よりいっそう子ども番組にでてくる歌のお姉さんぽかった。

我がまつざき農園は地産地消をモットーにしておりますので、ヒヨコ家具さんへの出荷は願ったり叶《かな》ったり、うれしい限りです。

門に掲げた文字のごとく〈Welcome!〉だったらしい。真琴さんは訛りがないキレイな標準語だった。歯切れがよくて耳触りのいい声で、人懐っこい笑顔を浮かべ話しかけてくるため、みなほも自然と頬が緩んだ。

いまだとウチで採れるのはズッキーニにとうもろこし、ミニトマト、えんどう豆になります。

こんなに早くとうもろこしが？

温暖な気候のおかげです。生でもおいしく食べられるほど、甘みが強いんですよ。ミニトマトも甘くて、一般的なのは糖度が七くらいですが、ウチでつくっているのは八から十一、イチゴやスイカと変わりません。リコピンの量もふつうのより増し増しなので、身体にいいこと請け合いです。とうもろこしの糖度はさらに高く二十前後とバナナとほぼおんなじです。日元さん、お昼はまだですよね？　百聞は一見にしかず、ではなくて一食にしかず。一階のカフェに、ウチの野菜でつくった料理がありますので食べませんか？

ミニトマトととうもろこしは、生で食べさせてもらった。なるほど、どちらも果物かと思うくらい甘くておいしかった。そして本日の定食ですと、縦半分に切って網で焼き、ポン酢をかけたズッキーニ、ミニトマトをかつお節の出汁《だし》に入れた冷製スープ、えんどう豆のご飯と農園で採れた野菜の料理に加え、油でじっくり煮こんでコンフィにした鴛川の天然鮎《あゆ》がでてきた。どれも余計な手を加えずに、素材の味を存分に引きだすことができているのが素晴らしかった。

つぎに真琴さんの案内で、売店を見て回った。まつざき農園の野菜や果物はもちろんのこと、それらが材料の加工品がメインではある。だがその他にも近隣農家でつくったみかんジュースや梅酒を蒸留させてつくった梅焼酎《じょうちゅう》、農園と隣接する養鶏場で今朝採れたての卵、鴛川沿いの畑で栽培した茶葉の和紅茶、県庁所在地にある食肉卸売の会社の商品で、県内で捕獲した猪と鹿のいわゆるジビエのソーセージなど、誠&真琴夫婦の知りあいから仕入れたものも多かった。みなほは手頃な値段だった山椒《さんしょう》の実の佃煮《つくだに》と和紅茶を買い求めた。

すると帰り際、真琴さんから、お味見にどうぞと採りたての野菜を段ボール一箱もらってきた。ひとりで食べ切れる量ではなかったので、ならば赤星にまかないをつくってもらおうと、ヒヨコ家具まで運んだのである。

〈悪玉コレステロールをやっつけろ！〉

A2サイズの黒板に、みなほは金色のマーカーでそう書いた。六月の献立のテーマなのだ。

悪玉コレステロールの本名は低比重リポタンパク質、英語だとLow Density Lipoprotein、略してLDLコレステロールだ。もともと悪いヤツではない。肝臓でつくられたコレステロールを全身へ運ぶ役割を担っている。ところが正常範囲の一四〇mg／dl未満を超えて血液中に増えるとマズい。血管が細くなり、動脈硬化を起こし、心筋梗塞《しんきんこうそく》や脳梗塞の原因になってしまう。肉の脂身、バター、生クリーム、菓子パンなど に含まれている飽和脂肪酸がＬＤＬコレステロールを増やし、悪玉扱いされる。

　つまり人間こそが悪玉なのだ。

反対にＬＤＬコレステロールを増えにくくするのはセロリやにんじん、きのこ類、海藻、大豆、玄米やもち麦などに含まれた食物繊維だ。アジやサンマ、イワシにサバなどの青魚の中にあるエイコサペンタエン酸もＬＤＬコレステロールを減らす効果がある。今日の献立で言えば鯖《さば》そばがテーマにいちばんピッタリだ。そのことについて、みなほはボードに書こうとしていた。

社員食堂の出入口に、今日の献立のサンプルを並べるスペースがある。そこにこのボードも置いて、社員さん達に見てもらい、悪玉コレステロールについて知ってもらうのが目的ではあった。とは言え、どれだけの人が読んでいるかは不明だ。

　事務室の隣にある女子更衣室から、ドアが開く音がした。つづけていくつかの足音と賑《にぎ》やかな声もする。パートの女性達が出社してきたのだ。

　いよいよ女帝のおでましだ。

　ヒヨコ家具の社員食堂は昭和のおわり、地元の給食センターへの委託業務でスタートした。郷力多恵子《たえこ》はそのオープニングスタッフだった。

十三年前に給食センターが事業縮小のために引き払い、ウマカフーズが後釜《あとがま》に入った際、数人いたパートはそのまま働いてもらうことになった。郷力はその頃でもう勤続二十年以上の大ベテランで、ウマカフーズの社員にむかって、私はここの生き字引なので、わからないことがあれば、なんでも聞いてくださいと自己紹介したという。社員食堂は居抜きの状態で引き継いだこともあり、その隅々まで知り尽くしていた郷力は重宝されたらしい。そしていつしか女帝と呼ばれるようになった。

パートは他にも五人いて、みんな女性だ。みなほは彼女達を心秘《ひそ》かにチームさしすせそと呼んでいる。佐藤、塩崎《しおざき》、須山《すやま》、瀬名《せな》、美園と名字の頭文字を繋《つな》げれば、さしすせそなのだ。美園の頭文字は〈み〉だけど、料理のさしすせその〈そ〉が〈みそ〉の〈そ〉なのとおなじく、〈みその〉の〈そ〉だ。

郷力とはじめて会ったとき、みなほは体育教師か、運動部のコーチみたいだなと思った。首からホイッスルを下げてもいなければ、ジャージを着ていたわけでもない。醸しだす雰囲気がそう思わせたのである。だがあながち間違ってはいなかった。彼女は中学高校とバレーボール部のレギュラーで、さらに卒業後、二十代なかばから三十代前半にかけて、母校の高校で同部のコーチを務めていた。そして佐藤と塩崎は高校時代のバレーボール部の後輩、須山と瀬名は彼女がコーチだった頃の部員だった。美園だけがちがう。年齢も六十代なかばとアラフィフの彼女達よりだいぶ下で二十九歳だった。

パートは通常、三人に出勤してもらう。その中でいちばん年下が車をだして、他のふたりの家をまわり、ピックアップするのが決まりだった。なのでいちばん年上の郷力が車をだすことはない。佐藤と塩崎、須山と瀬名はそれぞれ同級生なので、被《かぶ》った場合は相談してどちらかになる。いちばん年下の美園はぜったい車をださねばならず、週五のときも珍しくなかった。


「おはようございます。ではいつものとおり、衛生管理の点検をさせていただきます」

みなほは少し前のめりになる。背もたれに寄りかかろうものなら、なにをえらそうにと思われかねない。目の前には黄色い制服に身を包んだ女性が三人、左から佐藤に郷力、美園だ。点検は三分足らずでおえ、つぎにだれがどの品目をつくるかの確認を済ませる。

「私からは以上ですが、なにか質問などありませんか」

「質問やないけどええ？」

女帝が言った。郷力だ。射貫《いぬ》くような眼力で、みなほを正面から見据えている。胃がぎゅっと摑《つか》まれたような痛みを感じながらも、ここでビビってなどいられない。

「どうぞ」

「酢鶏《すどり》ってなに？」

「酢豚の豚肉を鶏のもも肉に代えて」

「そりゃあわかっとる」苛立《いらだ》ちを隠さず郷力は言う。「なんで揚げた鶏のもも肉を、わざわざ野菜と炒《いた》めにゃならんの？　二度手間やろが」

酢鶏をつくるのはあんたじゃなくて、赤星さんだからどうだっていいでしょうがと言いたいところを、みなほはぐっと堪《こら》える。唐揚げにすりゃあええ。社員さんもそのほうがよろこぶ」

「多恵子さんが正しいわ。だったら唐揚げにすりゃあええ。社員さんもそのほうがよろこぶ」

これは佐藤だ。郷力とは高校時代、バレーボール部の先輩後輩で、四十年以上のつきあいらしい。その腰巾着《こしぎんちゃく》っぷりはすっかり板についており、郷力がなにか言えば、こうして援護射撃をするのが常だった。まるでそれが自分の使命であるかのようにだ。

「唐揚げは人気メニューです。でも栄養バランスを考え、野菜もいっしょに食べていただこうと酢鶏にしました。郷力さんには献立会議で説明していますが」

「そうじゃった？　忘れとったわ」

郷力はニヤついている。忘れてなどいるはずがない。わざと言っているのだ。

この悪玉バアサンめ。

献立会議は第一・三金曜のランチ後、だれもいなくなった食堂の片隅でおこなう。月毎のテーマを踏まえたうえで、みなほが栄養の目標量をもとにしながら、社員達に毎日かかさず食べてもらうため、おなじ料理や主材料がつづかないよう注意して、半月分の献立をつくっておく。これを叩《たた》き台に料理長の赤星と打ちあわせをするのだが、そこに当然のごとく郷力も同席し、あれこれ意見を言う。九割九分は難癖同然だが、一分は真っ当なことを言うので、邪険にできなかった。

「献立会議んとき私は、豚なら茹《ゆ》でるよりも生姜《しょうが》焼きにしたらどうかって言わなん

「茹でれば豚肉に含まれている脂が水分に溶けるので、カロリーを減らせます。味付けに醬油《しょうゆ》ではなくポン酢を使うのは塩分を抑えることができるからだと説明しましたよ。おなじときにめかぶ納豆をどうしてユッケ風にするのだともお訊《たず》ねになったので、社員のみなさんに、できるだけ多く、食物繊維を摂《と》っていただきたい、しかし醬油だけだと味気ないのでごま油と生卵を混ぜ、食べやすくしたと答えたのですが、これもお忘れですか」

「覚えとる」郷力が上目遣いで睨《にら》みつけてきた。「ひとをボケ老人扱いせんでもれぇてぇ」

「失礼やでぇっ」と佐藤。

「そうでしたか。申し訳ありません」

朝っぱらから揉《も》めてなどいられない。ここはひとつ、おとなしく引き下がってもらおうと、みなほは丁寧に頭を下げて詫《わ》びた。これで許してくれると思いきやだ。

「エイコサペンタエン酸」郷力が言った。その視線はみなほの背後にむけられている。書きかけの黒板を見て、読みあげたのだ。「ってなんなん？」

その説明はまだ黒板に書いていなかった。

「悪玉コレステロールを減らし、血液をサラサラにしてくれる脂肪酸です。体内ではほとんどつくることができないので、食物によって補わねばなりません。主に青物の魚に多く含まれていて、今日の献立だと鯖そばのサバがいちばんのオスメなんです」

みなほは熱く語っていた。専門分野について訊《き》かれると、相手がだれであれこうなってしまう。

「へぇ」と感じ入った声をだしたのは佐藤である。案外、素直なのだ。

「それがどうしたっていうの？」

郷力がなおも訊ねてくる。ほとんど喧嘩腰《けんかごし》だ。

「エイコサペンタエン酸が含まれた食べ物を食べて、悪玉コレステロールを減らせば、心筋梗塞《しんきんこうそく》と脳梗塞のリスクも低下します」

「人間、うまいものをぎょうさん食べりゃええのよ。そんなん気にしてるひとなんかおらんわ」

「おらん、おらん」

郷力の意見に佐藤はうんうんと頷《うなず》きながら同意する。

あんたいまさっき、鯖の話に感心してたじゃないの。

「だからこそ少しでも多くの方に知ってもらおうと、黒板に書いて食堂の前に置いておくんです」

「あんなんだれが読んでるっちゅうの。やるだけ無駄無駄」

郷力が吐き捨てるように言う。みなほはカチンときながらも、言い返せなかった。自分自身、心の片隅で無駄かもと思っているのだ。

黒板に限ったことではない。月毎に決めたテーマ、今月ならば〈悪玉コレステロールをやっつけろ！〉に沿って、ひと月分の献立を考えるのも無駄に思えてきた。ずっと唐揚げと生姜焼きだって、だれからも文句はでそうにない。栄養士なんて必要ないのだ。

だとしたら私はなんのためにいる？

五ヶ月ともなると慣れないまでも、郷力の攻め方が次第にわかってきた。真綿で首を絞めるようなやり口で、おまえは必要のない人間なのだ、ここにいる意味はかけらもないという論調で攻めてくる。言われれば言われるほど、そうかもしれないと心が揺らぐ。白波町にきたくてきたわけではないからだ。

歴代の栄養士二十八人はおなじ手口にやられ、逃げだしたのだろう。みなほにしても対抗どころか防御さえできず、まるきりノーガードだ。

「私はあんたに同情しとるんよ。なんにもないこんな田舎町に飛ばされて、気の毒や思てる。あんたの性にあわないやろ。ちゃっちゃと東京に往《い》んだらええ」

郷力が猫撫《ねこな》で声で言う。もっともだ。いますぐグックーに乗って空港へいき、羽田行きの飛行機に乗ってしまいたい。だがそうはいかなかった。ここできちんと実績をあげさえすれば、胸を張って東京に戻れるし、サブチーフに昇進できる。逃げたらぜんぶ水の泡だ。

悪玉バアサンのイジメごときに負けるものか。

「そろそろ厨房いきません？」そう言って、美園がすっくと立ちあがった。「赤星さんや菊之助くんが待ってますよ。さっさといきましょう」

郷力はまだなにか言いたげではあった。だが無言で腰をあげ、事務室を去っていく。

「ふぅぅぅぅう」

ひとり残ったみなほは長いため息をついた。


この十三年、ヒヨコ家具の社員食堂に派遣されたウマカフーズの栄養士が、自分で二十九人目だと気づいたのは、配属されて十日ほど経ってからだった。

献立の参考にしようと、これまでのデータをざっと確認すると、栄養士の名前が短いスパンでつぎつぎと変わっているのに気づいたのだ。丹念に調べてみると、最初の三年半はおなじ栄養士だったがその後はだいたい三、四ヶ月で辞めている。最長でも七ヶ月、最短はみなほの前任者で三週間だった。不思議に思い、どういうことかと赤星に訊ねてみると、彼は目をまんまるに見開いてこう言った。

なにも知らずにここへきたんですか。

原因は女帝こと郷力だった。彼女のイジメ、イビリ、パワハラに耐え切れず、みんな逃げだしていったのだという。大阪支社では周知の事実で、どれだけ好条件をだしたとしても、栄養士のだれもがヒヨコ家具の社員食堂へいくのを拒んだ。料理長は赤星で四人目で、ひとり三年から五年とふつうである。つまり郷力の標的は栄養士だけなのだ。

栄養士に対しての態度を改めるよう、郷力さんに注意しないのですか。

できればやっていいます。赤星は申し訳なさそうに言った。でも私が太刀打ちできる相手ではないんですよ。

何年か前にはウマカフーズ大阪支社のおエライさん方がヒヨコ家具を訪れ、郷力に対して事情聴取のようなことがおこなわれた。ところがそうした場になると、郷力はしおらしくなり、社員食堂ができて三十数年、身を粉にして働いてきた、私は社員さんのことを思うて、栄養士さんに意見したまでのこと、多少はキツイ言い方をしたかもしれませんが、なんら悪気はありませんと涙ながらに訴えたという。おエライさん方は鵜《う》呑《の》みにしたうえに、今後も栄養士に対して、ご指導ご鞭撻《べんたつ》のほどよろしくお願いしますと頼んだそうだ。

だが結局、その後も栄養士は辞めつづけている。郷力が目の敵にするのは二十代から三十代前半の女性なので、赤星としては社歴がある年配の方を派遣してもらえないかと大阪支社に頼んではいた。しかしそうしたベテランの栄養士だって、扱いが面倒なパートのところへわざわざ好きこのんでいこうとはしなかった。立派な空港があってもアクセスが悪い片田舎ともなれば尚更である。

大阪支社は東京本社に助けを求めたという話を赤星は耳にしていた。遂に自分の要請が通ったのかと思いきや、東京からやってきたのはいままでとおなじ、二十代なかばの女性だった。

より多くの体験を積んで、知見を広げてもらうため、若手社員を中心にエリア間の垣根を越えて、異動がおこなわれることになった、きみは選ばれし者だと言われて、私はここにきたんです。三十人近くもの栄養士が辞めたことも、その原因が女帝と呼ばれているなんてことも、まったく知りませんでした。

そう訴えるみなほに、赤星は憐《あわ》れみの目をむけるだけだった。そして嘆願するようにこう言った。

なんであれ郷力さんには歯向かわないでください。波風立てないようにお願いします。

話がちがう。ちがいすぎる。統括マネージャーにどういうことなのかを訊ねるため、東京本社に電話をしても、「席を外しています」「いま会議中で」「ついさっき外回りにでてしまって」とまったくつかまらず、メールを送っても返事はなかった。彼から社員食堂の事務室に電話がかかってきたのは、一週間後だった。郷力と二十八人の栄養士についてみなほが訴えるように話したところだ。

まったく知らなかったな。でもだからどうしたというのかね。何年勤めていようと相手は所詮《しょせん》、パートに過ぎん。きみの采配《さいはい》でどうにかしたまえ。

言うだけ言って、統括マネージャーは電話を切ってしまった。

嵌《は》められた、とみなほは思った。統括マネージャーが知らないはずがない。

わかっていて送りこんだのだ。

でもなんで私？

だれが見るかわからない黒板を食堂の出入口に置いてから、みなほは厨房《ちゅうぼう》にむかう。入る前にやらねばならないことがあった。手洗いだ。洗い方には作法がある。水で手を濡《ぬ》らして石鹸《せっけん》をつけ、腕まできっちり洗う。とくに注意するのは指先と指のあいだで三十秒はかける。これを二度繰り返す。そして石鹸をきれいに洗い流したら、備え付けのペーパータオルで拭《ふ》く。自前のハンカチを使い回すのは禁止、タオルなどを他のスタッフと共用するのはもってのほかだ。つづけて消毒用のアルコールをかけて、手指によくこすりこむ。

準備完了。

みなほは厨房へ入っていった。

ヒヨコ家具のまわりには飲食店はもちろんコンビニやスーパーなど一軒もない。必然的にランチは社員食堂と弁当の二択で、従業員二百六十八人のうち、社員食堂の利用者は二百十人前後と、よその社員食堂と比べて高い割合だった。

毎回、少し余裕を持って二百二十人分の食事をつくる。主菜と副菜、小鉢に汁物のABどれも七十人分、麺《めん》もAB四十人分ずつだ。

ジャンクワシャン、ジャンクワシャン、ジャンクワシャンッ。

赤星が中華鍋《なべ》を左手で前後に揺らし、右手に握る鉄製のお玉で野菜を混ぜながら炒《いた》めている。すると鍋とお玉がぶつかりあって軽快でリズミカルな音を奏でて、厨房ぜんたいに響き渡っていた。

中華鍋は直径が六十センチあるらしい。小柄な赤星が持つとさらに大きく見えた。なのに左手で軽々と扱う。髪が薄くて影も薄いと言われているが、料理をつくっているときだけはちがった。赤星なしではこの食堂は成り立たないだろう。彼が休みのときは、カレーやシチュー、豚汁などだれがつくってもだいじょうぶな献立にするほどだ。

炒めた野菜をボウルへ移し、コンロの真横にある洗い場に鍋を入れる。水をかけて、細かく割った竹を束ねたささらで洗い、すぐまたコンロに戻す。火を点《つ》け、料理酒、醤《しょう》油《ゆ》、玄米黒酢、はちみつ、三温糖、水などを入れていく。もうもうと湯気が立つ鍋をお玉でかき混ぜる。やがてスプーンで掬《すく》って味見をして、水溶き片栗粉を加え、とろみがついたところで、フライヤーで揚げてあった鶏も肉とさきほど炒めた野菜を投入、手早くかき混ぜる。厨房に広がる黒酢の匂いを嗅《か》ぐだけでも、お腹が鳴ってしまいそうだった。

完成した酢鶏は鍋から脇に置いた銀色の平たい容器へと注ぎ入れ、提供カウンターまで運び、その内側にあるフードウォーマーに嵌めこむ。そしてすぐさま戻ってくると、中華鍋をささらで洗って、コンロに載せ、火を点け、お玉で油を注ぎ、ざるにあった野菜を入れる。

厨房には大量調理が可能な回転釜《がま》という機器があり、これならば七十人分いっぺんにできる。だが赤星は七十人分を三回に分けて中華鍋でつくってしまう。ほぼ毎回そうだ。

麻婆豆腐や回鍋肉《ホイコーロー》、青椒肉絲《チンジャオロース》などの中華料理全般はもちろん、肉じゃがや筑前煮《ちくぜんに》、ブリ大根などの和食に、ミートソース、ハンバーグ、ローストビーフなどの洋食、プルコギ、サムギョプサル、チャプチェなどの韓国料理、先月はタイ料理のガパオライスの具をつくっていた。そしていずれもおいしくて人気も高い。

三十代前半で自分の店を開いたとき、大阪の千日前道具屋筋《せんにちまえどうぐやすじ》商店街にある店で、特注でつくってもらった中華鍋らしい。赤星自身けっして口にしないが、料理人としての矜《きょう》持《じ》があるように思えた。

回転釜は主に汁物をつくるのに使う。長さが一メートル近くある大きなヘラ、通称スパテラで、菊之助が釜の中をかき混ぜている。

郷力はしゃぶしゃぶ用にスライスされた豚肉をざるに入れ、寸胴鍋《ずんどうなべ》で湯通ししていた。鍋の前に立つ彼女は、怪しげな秘薬をつくる魔女にしか見えない。さんざん献立に文句を言いながらも、厨房の中の彼女は調理に手を抜くような真似はしない。そのへんは信用できるし、頼りにもなった。佐藤もおなじだ。豆腐と山芋のふわふわグラタンはいまスチコンの中で、いまは副菜のもう一品、高野豆腐キッシュをつくるため、水でもどして一センチ角に切った高野豆腐と玉ねぎ、にんじん、ピーマン、ほうれん草などをみじん切りにしたものをどでかいボウルで、卵と混ぜている。美園は鯖《さば》そばに載せるサバを四十切れ焼くのに余念がない。

といったみんなの働きっぷりを、みなほはぼんやり眺めていたわけではない。めかぶ納豆ユッケ風とこんにゃくの梅和《あ》えをつくっていた。一品につき七十人分、味付けが均等になるよう、丁寧に混ぜあわせるのは気が抜けないが、みなほのいる作業台は厨房ぜんたいが見渡せる位置にあるため、スタッフ全員の動きが自然と視界に入ってくるのだ。ランチにむけて各々が作業を進めていくうちに、連帯感が生まれてくる気がしないでもない。

ただの錯覚だろうけど。

午前十一時半にオープンすると、五分もしないうちに提供カウンターには、黄色の作業着や黄色のジャンパーを着たひと達が並ぶ。それから一時間近くは列が途切れることはない。

「ラーメン、麺かためでお願い」

「はぁい」

カウンターのむこうからの社員の注文に応《こた》え、みなほはストップウォッチを四十五秒にしてスタートさせ、ラーメンの麺を茹《ゆ》ではじめる。本来ならば一分二十秒なのだ。

「鯖そばで」「俺も」「私もお願いします」

「順番におつくりしますので、少々お待ちください」

みなほの隣で、美園が愛嬌《あいきょう》たっぷりに言った。

食券はない。食器の裏にICタグが付いており、これを載せたトレイを所定の位置に置くと、読み取って料金を計算できるオートレジが二台、カウンターの先に設置してある。

みなほが海藻たっぷりラーメンの麺硬めをつくっているあいだ、美園は鯖そばを三人前、完成させていた。

「七対三で鯖そばがリードですね」美園が不意に話しかけてきた。「サバの中に悪玉コレステロールを退治する成分が含まれているって、黒板に書いてあったからじゃない？」

「だったらいいんですけど」

「ぜったいそうだって。もっと自分に自信を持たないと。私、日元さんをえらいと思っているんですよ」

「私をですか」

「多恵子さんになに言われたって、一歩も引かないでしょ。そういうとこ」

ノーガードで耐えているだけに過ぎない。そう言い返そうとしたが、「ラーメンください」「鯖そばちょうだい。麺大盛りで」とそれぞれ注文が入ったので、それどころではなくなった。

「頼むよ、多恵子さぁん」麺を茹でていると、男性のひときわ大きな声が耳に入ってきた。「野菜は入れんと、そのぶん肉を多めにしてくれや」

またアイツか。

以前からみなほが気になってならなかった、アラサーらしき男性だ。イケメンだとか好みのタイプだとか、色恋沙汰《ざた》ではない。腹が迫《せ》りでていて顎《あご》はないに等しく、体脂肪率はあきらかに四十パーセントを超えているだろう。みんなからテンゾーと呼ばれているが、みなほはそれが名前かあだ名かも知らなかった。

「しゃあないなぁ。私、頼まれたら断れんタチやさけ」

そう応える郷力は酢鶏の係だ。その野菜は入れずに、揚げた鶏も肉だけにしてくれとねだっているのだろう。

「そんなん、あかんに決まっとるやろ。テンゾーッ」

美園の鋭い声が飛んだ。食堂にいただれもが彼女に目をむける。

「べつにええやろ」と反論したのは郷力だった。

「ええわけないっ」美園の声量があがる。「日元さんが栄養のバランスを考えた献立や。野菜を食べんで肉だけやなんて許されんわ。テンゾーなんかとくにそうや。ブクブクブクブク太って。高校んときはもっとシュッとしてたやろ」

「余計なお世話や」美園に負けじと郷力はさらに大きな声になった。「食べたいもんも食べられやんのなら、なんのために働いとる言うんや」

「働くには身体が資本、健康が第一。食べたいもんだけ食べて、体調を崩したら元も子もないやろ。三十五年も社員食堂で働いてて、そんなこともわからんのか」

「なんや、言わせておけば」

「食べるっ。食べるよっ。野菜もちゃんと食べますっ」

堪《こら》え切れないとばかりにテンゾーが叫んだ。

「お待たせしました」

赤星がテーブルの真ん中に大皿をどんと置く。社員食堂は一時半に閉店、そのあと食器の洗浄や厨房《ちゅうぼう》の掃除を一時間弱かけて済ませ、遅いランチを食べるところだ。今日の献立の余り物の他に、赤星がまかない料理をつくってくれる。大皿に盛られてでてきたのはまさにそれだった。郷力がスプーンを手にして、自分の取り皿によそう。彼女がいちばん最初と暗黙の了解で決まっているのだ。

ホールにはテーブルが二十卓ほど並んでいる。どれもカマボコ型の工場でつくられたものなのだが、大きさもカタチもまちまちだった。椅子もそうだ。というのもこの社員食堂はショールームの役割もしており、営業部の社員が顧客を伴い、商品の説明をおこなうためである。社宅にある檜《ひのき》の一枚板のテーブルも、ヒヨコ家具の商品で、おなじタイプのものがここにもあった。

みなほ達が囲んでいるのは、魚のカタチを象《かたど》った天板のテーブルだった。とてもかわいい。なんでも保育園や幼稚園、子どもむけの遊戯施設からの注文があって、魚だけでなく、兎や猫、犬のカタチもあるらしい。できればどれか、社宅の仰々しい檜の一枚板のテーブルと取り替えてほしいくらいだ。

「私、辛いの苦手やけど、これなら食べられるわ」郷力が満足げに言う。その口ぶりはまさに女帝だ。「唐辛子や豆板醤《とうばんじゃん》とはちがうわよね」

「実山椒《みざんしょう》です」

赤星は答えながら、みなほの右隣に座る。左隣は菊之助だ。彼もいまきたところで、トレイに載せてもってきた赤星と自分のぶんのご飯とみそ汁をテーブルに置く。

「油大さじ二杯といっしょに実山椒を中華鍋《なべ》に入れて、弱火にかけておくと、油に香りと辛みが移ります。それから実山椒を取りだし、豚バラ肉とズッキーニを炒《いた》めてみました」

みなほはご飯の上に載せ、口に入れた。山椒のピリっとした辛みが舌を刺激しつつも、独特な香りが鼻を抜けていく。瓶詰めの佃煮《つくだに》とはまたちがう味わいだ。

「縦に細長《ほそなが》う薄切りにしてあんのは、ズッキーニやったんや」と佐藤。

「こうすると火の通りもいいですし、味も染みやすくて調理時間が短縮できますので」

赤星は律儀に答えた。「ちなみに実山椒以外の味付けは紹興酒と醤油《しょうゆ》だけで、塩とこしょうは入っていません」

「ズッキーニなんて今日の料理につこうた?」

「えっと、あの、それは」

郷力に不審そうに訊《き》かれ、赤星は口ごもる。目を泳がせ、申し訳程度に生えた髪を左手でいじくりだす。

どんだけ気が弱いんだ。

「昨日、まつざき農園さんへ打ちあわせにいった帰り、味見にどうぞともらってきたんです」赤星の代わりにみなほは答えた。「ズッキーニと実山椒の他に、ミニトマトとえんどう豆、とうもろこしもいただきました」

「ほんまに？」佐藤が身を乗りだしてくる。「ウチの子三人ともとうもろこしが大好きなんや。できれば二本ずつもらいたいんやけどええ？」

佐藤の家には十八歳、十六歳、十三歳の息子がいて、三人とも運動部のため、食費が莫迦《ばか》にならないと、よく嘆いていた。なので駄目だとは言えない。

「もちろんです」

「まつざき農園となんの打ちあわせしてきたんや」

郷力が言った。こちらを見ずに、黙々と食べつづけているのが却《かえ》って不気味だ。だがここで怯《ひる》んではいられない。

「大阪支社の物流センターよりも、地元の生産者から仕入れたほうが安くて新鮮な食材を提供できるのではと思いまして、手始めにまつざき農園にお願いしようと」

「私に相談なしに話を進めてるんはおかしゅうない？」

なんでわざわざパートに相談しなきゃいけないのさ。

みなほは胸の内でぼやく。

「そうや。なんで多恵子さんに相談せんかったん？」

佐藤が腰巾着《こしぎんちゃく》ぶりを遺憾なく発揮する。

とうもろこしを六本もらおうとしているくせになんだよ。

「気に障ったのであれば申し訳ありません。わざわざ相談するほどのことではないと思っていましたので」

話す機会はいくらでもあった。しかしそんなことをしようものなら、あれこれ口を挟んできて、邪魔立てされるのは目に見えていた。だから言わないでおいたのだ。

「なにか問題がありましたでしょうか」

みなほは莫迦丁寧に訊《たず》ねる。嫌味すれすれで、自分がとても嫌な人間に思えてきた。だがこれも郷力が相手だからこそだ。

「あそこの嫁、好かん」郷力は茶碗《ちゃわん》と箸《はし》を置く。「ヨソ者のくせにデカいツラしてるんが許せん」

はあ？

予想外の答えにみなほは戸惑う。真琴さんは訛《なま》りひとつない標準語で話していた。でもそれはみなほが東京（じつは埼玉）からきたのを知っていて、あわせてくれていると思っていた。

「ヨソ者だなんて」美園が顔をしかめて言う。「あそこの奥さん、東京で働いていたけど、この町に嫁いで七、八年は経つやろ？」

「何年経ってもヨソ者はヨソ者や」

郷力が憎々しげに言うのを見て、みなほは背筋が冷たくなった。栄養士をいびって追いだそうとするのも、根源はいっしょに思えたからだ。

「でもあの奥さんのおかげで、まつざき農園は先代のときよりも景気がいいって聞きましたよ。オンラインショップや農業体験をはじめたり、もとからあったログハウスをきれいに改装して直売所やカフェを開いたりして、地産地消を推進して、この町への貢献度が彼女ほど高いひとは他におらんやないの。なのにヨソ者扱いするのはどうかしとるわ」

　美園は淡々と言いながらも、明らかに棘《とげ》があった。すかさず郷力が言い返す。

「あんたはまだ東京に未練タラタラなんよ。だから東京で働いてた松崎《まつざき》さんとこの嫁に憧《あこが》れて味方するんや。東京からきた栄養士に尻尾《しっぽ》を振るのもおんなじことやろ」

　美園は郷力をはったと睨《にら》みつけた。受けて立たんと郷力も視線を外さない。一触即発だ。第二ラウンドの鐘が鳴ろうとしている。止めるべきだとは思う。しかしみなほは言葉が浮かばなかった。そのときだ。

「あぁああ、お腹減った」

　呑気《のんき》な声を張り上げながら、社員食堂に入ってきたひとがいた。ヒヨコ家具二代目、陽々子《ひよこ》社長だ。彼女もまた全身、黄色い。黄色の生地で誂《あつら》えたスーツを着ている。今日に限ってではなく毎日だった。スーツだけでなくブラウスやワンピースなど黄色い服を二百着以上持っているらしい。じきに六十歳のはずだが、四十代なかばでもじゅうぶん通る容姿だ。若さの秘訣《ひけつ》は趣味のサーフィンで、四季を問わず休日には必ず海にでていると聞く。だからこそ服の上からでもわかるスタイルのよさをキープできているのだろう。一度も結婚をしておらず、二十代から七十代までの不特定多数のカレシ達がいるとの噂がまことしやかに流れているものの、真偽はさだかではない。

「おいしそうなもの食べてるやないの」陽々子社長が羨《うらや》ましそうに言う。大皿にはまだ少し豚バラ肉とズッキーニの山椒炒めが残っていたのだ。「今日は朝早《はよ》からあちこち顧客んとこまわってたら、昼飯、食べ逃してもうてな。私もお相伴にあずかってもええ?」

「ど、どうぞ。いまご飯とみそ汁を」

赤星が言い終わらないうちに、菊之助が足早に厨房へむかう。陽々子社長は隣のテーブルから椅子を持ってきて、テーブルの端っこ、魚のしっぽの先に座った。

「なんや東京の話、してたみたいやけど、つづきはええの? 私、邪魔やった?」

「邪魔だなんてそんな」

赤星が首を横に振る。とうの郷力と美園は一言も発しなかった。菊之助が戻ってきて、陽々子社長の前に、ご飯とみそ汁、お箸が載ったトレイを置く。

「ありがと」菊之助に礼を言い、陽々子社長は「いただきます」と手をあわせてから箸を持つ。

「このサバも食べてええ?」鯖《さば》そばの具の残りだ。

「どれでもどうぞ」赤星が答える。

「こん中に悪玉コレステロールを減らすエイコなんたら酸が入ってるんやろ」

サバを箸でつまんだ陽々子社長が、自分を見ているのに気づき、「エイコサペンタエン酸です」とみなほは言った。

「社長、黒板をご覧になったんですか？」と赤星。

「そうや」サバを食べながら陽々子社長は答えた。「ためんなるさけ、毎日読んどるよ。おかげで食べ物に気を遣うようになったせいか、ここんとこ体調がすこぶるええ」

「ありがとうございます」みなほは礼を言う。

「礼を言うべきはこっちや。それにほら、こないだ、健康診断があったやろ？」

ゴールデンウィーク前のことだ。医師をはじめとした医療スタッフとレントゲン搭載の大型バスがヒヨコ家具を訪れ、健康診断がおこなわれた。陽々子社長の取り計らいで、社員食堂で働くスタッフも全員、受けさせてもらった。ちなみにみなほの診断結果は健康そのものだった。栄養士としては当然だ。

「やれ高血圧だ、糖尿病だ言うて、再検査のひとが年々増えとってん。ところが今年は少し減っててな。この調子で社員みなさんの健康管理をお願いしますって、お医者さんに褒められてん。だけどそんなんした覚えないし、去年となにがちがうか考えたら、栄養士が日元さんになったちゅうだけなんや」

「この子がきて五ヶ月しか経ってないのに、急に変わるわけないやろが」郷力が突っかかるように言う。「ただの偶然や」

「そりゃそうかもしれん。でも食堂の前の黒板を読んで、お酒を控えたり、野菜を食べるようになったり、しょっからいもんをあんまり口にせんようにしたりするひとがおるのはたしかやさけ、今後もよろしくな、日元さん」

「はいっ」

思いもしなかった褒め言葉に、みなほは少なからず気分が昂揚《こうよう》した。ある意味、実績だ。東京へ戻るためのポイントが増えたことになる。

「これ、めっちゃウマいなぁ」陽々子社長が褒めたのは豚バラ肉とズッキーニの山椒炒めだ。「赤星さんがつくったんやろ」

「あ、はい」

「さすがや。先週末に顧客が予約してくれたゴショコーいう中華料理店にいってん。マズくはないんやけど、料理人の自己主張が強過ぎてな。どうです、こんな調理の仕方、よそにはないやろって料理がドヤ顔してて、全然味が楽しめなかったんよ。中華なのにフランス料理みたく一皿ずつ、チマチマでてくるのも腹立ったわ。なに気取ってるんやいう話やろ。あんなんが県内で一、二を争う高級ホテルにあるなんてどうかしてるで」

どうしたんです？　莫迦《ばか》に機嫌がいいじゃないですか。

乗りこむなり、グックーが話しかけてきた。

「そっかな」

そうですよ。『フットルース』を鼻歌で唄《うた》ってましたもん。

遅いランチを済ませ、社員食堂のスタッフが帰ったあとも、みなほは事務室にこもって本社への報告その他をおこない、気がつけば午後四時を回っていた。

「ひさしぶりに、人に褒められたんでね」

そりゃあよかった。だけどいつも俺が褒めていますよ。

「あんたは私でしょ」

安全ベルトをつけ、キーを差しこもうとしたときだ。スマホが鳴った。三世代前のではなく現役のだ。ＬＩＮＥが届いた音だ。だれだろうと確認する。

げげっ。マジかよ。

〈今月末に大阪へ出張にいくんだ。ひさしぶりに会おう！〉

「会うわけねえだろ」

みなほは口にだして言った。

送り主は滝口《たきぐち》武則《たけのり》。

元カレだったのだ。

ほんとだ。料理がドヤ顔している。

陽々子社長の話は嘘ではなかった。

直径が三十センチもあろうかという皿の真ん中に、ちょこんとあるのは〈太刀魚とフォアグラのカダイフ巻四川《しせん》ソースがけ〉なる料理らしい。いましがた初老のウェイターが教えてくれた。

太刀魚は県庁所在地の南西にある先ヶ崎《さきがさき》漁港で仕入れてきたばかりだという。太刀魚にはバターがあいますが、フォアグラとの相性も抜群でございますと言い残し、丁寧に頭を下げてウェイターが去っていったあと、みなほは箸《はし》でつまんで口に運んだ。カダイフは細い糸状の麺《めん》で、これを巻いて揚げてある。パン粉よりも見た目が派手で、ぱりぱりと歯ごたえはいい。まずくはない。だがあまりにフォアグラが濃厚すぎて、太刀魚本来の味が味わえないのが勿体《もったい》なく思えた。陽々子社長が言っていたとおり、料理人の自己主張が強いせいかもしれない。見た目だけでなく味もドヤ顔というわけだ。そもそもフォアグラは一〇〇グラムあたり五〇〇キロカロリー以上だ。一口だけでも、けっこうなカロリーを摂取していることになり、栄養士としてはいかがなものかと思ってしまう。

「でね。来週の水曜から三日間、大阪の国際展示場でおこなう、最新医療機器の総合展示会に、俺の会社が出展するんだけどさ」

みなほの真向かいに座る男は一口食べてから、話をつづけた。

「今月はずっと、ウチの課でその準備をしてたの。展示場には東京から開発機器とおんなじタイプのデモ機を持ちこんで、どんだけ便利な製品なのか、来場者に説明をしなきゃならない。その役目が課長だったのにさ、インフルエンザんなっちゃって、その役目を、課でいちばん年下の俺がやらなきゃならないことになってさ。五日も前からこっちきてるわけ」

はいはい、そうですか。

テーブルのむこうにいるのは滝口武則だ。元カレである。六月第四金曜の今日、紀伊《きの》国《くに》ホテルのロビーで六時に待ちあわせをして、ドヤ顔の中華料理店に入った。赤坂や麻布十番であればふつうでも、白波町だと悪目立ちしてしまう服を棚の奥から引っ張りだして身にまとい、化粧を念入りにしたうえ、半年ぶりに香水をつけ、ブランド物のバッグを肩に提げてきたことを今更ながら後悔する。

「そんな大役、俺みたいな若造には荷が重過ぎね？　とは思った。でもそんだけ会社に頼られているってことだろ。男としてやらねばなるまいと」

でたよ、〈男として〉。交際していた頃も頻繁に口にしていた言葉だ。一年前まではこれがかっこいいと勘違いしていた自分が、間抜けに思えてならない。

これが世に言う蛙化現象か。

そう気づくと、武則がなにを話そうともゲロゲーロとカエルの鳴き声にしか聞こえなくなってきた。

「だから俺ゲロゲーロゲロゲロって言ったらゲロゲーロゲロゲロだし、男としてはゲーゲーのゲロじゃん？　ゲーゲロゲーロゲロゲロ」

武則との出逢《であ》いは男女三対三のリモート合コンだった。会社の同期の誘いで参加し、そのうちのひとりだった。しゃべりが達者で、話がつづかなくなると、すぐつぎの話題を振り、場を盛りあげてくれていた。おかげでコロナ禍で息苦しい日々がつづく中、ひさしぶりに声をだして笑えた。その後、LINEで連絡を取りあい、緊急事態宣言とまん延防止等重点措置の合間を縫って、直《じか》に会うようになった。つきあいはじめたのは三年前の夏からで、高円寺《こうえんじ》にある彼のアパートに週三で通い、栄養士のスキルを遺憾なく発揮し、食事をつくってあげていた。そのうえ感染防止にも努め、キッチンは使用前と使用後に掃除、食材はなるべく火を通して調理するよう心がけ、生で食べる野菜は中性洗剤や次亜塩素酸ナトリウム溶液で洗った。

去年のクリスマスは武則のアパートで過ごした。腕に縒《よ》りをかけつつも、栄養バランスがきちんと取れているご馳走《ちそう》を振る舞った。白波町への転勤が決まっており、はなればなれになるのがツラい、やっぱりいきたくないとみなほは目を泣き腫《は》らしたものだった。ぼくらの愛は距離が離れたくらいでおわってしまうほど柔《やわ》じゃないはずだと、そのとき武則は言った。白波町には国内線の空港がある。羽田空港から飛行機に乗れば一時間ちょっとで着く。だったらいつでもいけるよとも言っていた。

しかしみなほが白波町に赴任してひと月半、バレンタインデーの前日、武則に電話でこう言われた。

別れよう。会いたいときに会えないのが寂しくて、気づいたら他の女を好きになっていたんだ。ごめんな。やっぱ無理だったんだ、遠距離恋愛なんて。

予兆はあった。

半月も経たないうちに、武則へのＬＩＮＥはなかなか既読にならず、返信も滞りだした。最初は毎晩二時間はビデオ通話でやりとりしていたのも、次第に短縮していき、一月末には二十分足らずになった。しかも武則が勝手に切りあげてしまうのだ。それにしてもたった一ヶ月半で、他の女に乗り換えてしまうとは。

いや、ちがう。

もっと前、みなほが東京で働いていた頃から、女がいたのではないか。つまり二股《ふたまた》をかけていた可能性が高い。

っていうか、ぜったいそうだろ、おまえ。

「なに？」

「え？」カエルと化した武則に名前を呼ばれた。「なに？」

「みなほは？」

「なにって、俺の話、聞いてなかったのかよ」

「ごめん。ちょっとぼんやりしちゃって」

カエルの鳴き声にしか聞こえなくなっていたとは、さすがに言い難い。

別れてからはじめて、武則のＬＩＮＥが届いたのは今月アタマだ。大阪に出張へいくので会おうという誘いだった。その時点できっぱり断ればよかった。しかしこちらが返事をしなくても、武則はちょくちょくＬＩＮＥを送ってくるようになった。ブロックしなかったのは、どこまで誘ってくるのか、気になったからだ。そして三日前、〈今週末、いっしょにメシ食おう。どっかイイ店知らない？　驕《おご》るよ〉と誘ってきた。驕るは奢《おご》るだぞと思いつつ、一度は会っておくことにした。武則に未練がないかどうか、自分を試してみたくなったのである。奢ってくれるのであれば高い店がいい。真っ先に思いついたのは陽々子社長が話していたドヤ顔の中華料理店だ。スマホで検索すると、ゴショコーは五諸侯だった。

ある意味、〈驕るよ〉は書き間違いではなかった。赴任後のみなほの話など訊《き》こうともせず、席に着いた初《しょ》っ端《ぱな》からいかに自分が仕事のできる人間かという自慢話を滔々《とうとう》と聞かされたのだ。

「明日の土曜、なにか予定があるのか訊いたの」

「茄子《なす》を採りにいくんだ」

「どこに？」

「畑にだよ」

「嘘だろ」武則は出来の悪い冗談を聞かされたような顔になる。「ふたりでキャンプにいったら、虫が多くてモノを食べる気がしないとか、服を汚すのが嫌だから地べたには直で座りたくないとか、草や葉っぱの匂いが臭くて息ができないとかさんざん言って、コテージに一泊するはずが我慢できないって言うから、日が暮れる前に帰っちゃったじゃんか。そんなきみが畑仕事だなんて、信じられない」

私もだよ。

「だいたいなんでそんなことを？」

「会社の物流センターよりも安上がりだから、社員食堂の食材に地元の野菜を使うことになったんだ。そのつきあいで」

ヒヨコ家具の社員食堂では、この半月ばかりまつざき農園の野菜を使った献立を提供しており、いずれも好評を博していた。まかないで赤星につくってもらった豚肉とズッキーニの山椒炒《さんしょういた》めなどは開店三十分で売り切れてしまうほどだった。そこで今度はまつざき農園から茄子を仕入れ、週が明けて月曜の主菜A、麻婆《マーボー》茄子の食材として使うことになった。するとつぎの土曜の農業体験が茄子の収穫なのでよかったら参加しません？と真琴さんに誘われたのだ。虫がキライで服が土で汚れるのも無理、草や葉っぱの匂いも苦手だとは断れない。それどころか、ぜひお願いしますとにこやかに返事をしてしまった。

「安上がりって言っても、社員食堂なんて利益を追求することないんじゃね？　そこまでする必要ある？」

　武則が呆《あき》れ顔で言う。しかも小莫迦《こばか》にしたような口ぶりが気に入らない。

「コストダウンだけが目的じゃない。新鮮な野菜を従業員のみなさんに食べてほしいと思ってのことだよ。顧客に対して、よりよいものを提供するのは当然でしょ」

　みなほは食ってかかるように言い返す。

「わかった、わかった。それだけ仕事を頑張ってるのね。えらいよ、きみは」

　武則にいなすように言われ、みなほは腹が立ってならなかった。

　ふざけんな、カエルのくせしやがって。

　武則がゲロゲロゲロゲーロと言うのを、適当に相槌《あいづち》を打ちながら聞き流し、ドヤ顔料理を食べつづけ、店をでたのは八時過ぎだった。武則の奢りではあったが、レジで自分が勤める会社名を言い、領収書をもらっていた。経費で落とすつもりらしい。せこいヤツと思いつつも、みなほはごちそうさまと礼は言い、「それじゃあね」とロビーにむかって歩きだした。

「待ってゲロ」

　武則が声をかけてきても、みなほは足を止めずに進んでいく。

「よかったらもう一軒」

「明日は茄子を採りにいくんで、朝五時起きなんだ。つきあえないよ」

「だったらきみん家《ち》にいって呑《の》んでもいい」

私がよくないっつうの。

するとと武則はみなほの右腕を摑《つか》んできた。玄関口までもう少しだったが、足を止めざるを得ない。

「いろいろごめん。申し訳ないと思っているんだ」

「なにを？」

「別れようって言ったことゲロ。どうかしてた。でもいまはちがう。もう一度、きみとやり直したいゲーロ。きみが怒るのはもっともゲロ。ヒドいゲロゲロしたとゲロ思うゲロゲーロ」

右腕を摑む武則の手を振り払おうとしても、なかなかできない。するとその手の指のあいだに水搔《みずか》きがついているのに気づいた。遂《つい》に姿カタチまでカエルと化してきたのである。

「ゲロゲーロゲロゲロゲロゲロゲロリン」

「放してよっ」みなほは叫んだ。「遠距離恋愛は無理だって言ったのはあんただろ。それをいまになってやり直そうだなんて虫がよすぎるっつうの。っていうか、本気でやり直す気ある？　大阪の出張ついでに、元カノとイッパツできればラッキーくらいに思ってんじゃないの？」

勢いに任せて言ったことである。だが的を射ていたらしい。武則は気まずそうな顔つきになっていた。すっかりカエルになっていてもそれだけはわかった。

ナメられたもんだぜ。

怒りのあまり、頭に血がのぼっていく。もう我慢ならない。

「なにかお困りですか、お客様」

ホテルのフロントマンだ。カウンターからでて、小走りで寄ってきた。その肩越しに制服姿の警備員も見え、こちらを窺《うかが》っている。さすがにマズいと思ったのだろう、武則はみなほの腕から、水掻きが生えた手を放したものの、言い訳を言い募った。

「なんでもないゲロ。少し揉《も》めているだけゲーロ」

これがみなほの怒りに油を注いだ。

もう我慢できない。

「ンゲロッ」

武則が呻《うめ》く。股間《こかん》に膝蹴《ひざげ》りを食らわしてやったのだ。みなほは踵《きびす》を返し、猛ダッシュでホテルを飛びでていった。

好きな相手に魅力がなくなって、気持ちが冷めることを蛙化現象っていうのは、カエルの神様である俺としては、いただけませんね。不愉快だ。

ホテルの駐車場をでて、しばらくしてからだ。グックーが話しかけてきた。

「人間を代表して私が謝るよ。申し訳ない」

それはまあイイとして、なんであんな男の誘いにホイホイ乗ってノコノコでかけたんです？　どうかしてるって。

「ほんと、なにやってんだって話さ。マリアナ海溝よりも深く反省するよ」

アイツ、白波町の社宅まで押しかけてきません？

グックーが心配そうに言う。

「それはないな。アイツには詳しい住所、教えてないし。引っ越して間もなく、名産物を高円寺のアパートに送ろうとしたことがあるんだ。でもアイツ、ひとりじゃ食い切れないし、調理もできないからと断ってきやがってさ。そのあと郵送物や宅配便のやりとりは一度もないから平気」

みなほさんの荷物が届くと、マズいことがあったんじゃないですか。

「ほんとだよ。あぁあぁあ、ムカツク」

やべっ。余計なことを言っちゃった。じきに高速なんだから落ち着いてください。いま赤信号なんで、気分転換になんか曲かけたらどうです？

ダッシュボードに取り付けたホルダーに、三世代前の機種のスマホを塡《は》めてある。その画面を幾度かタップすると、ピアノのイントロがはじまった。

『今夜は青春』ですね。俺、この歌、大好きですっ。

一九八四年のアメリカ映画『ストリート・オブ・ファイヤー』の劇中歌で、原題は〈Tonight Is What It Means To Be Young〉という。映画の中ではヒロイン役のダイアン・レインが熱唱しているが、じつは口パクらしい。〈あたし、夢を見たのよ〉という唄《うた》いだしからドラマチックで、否《いや》が応でも盛りあがっていく。

みなほは埼玉の公立高校で、ダンス部に所属していた。友達に誘われ入部したのだが、三年間きっちりと活動し、副部長も務めた。顧問は物理の教師で、ダンスについてまるで知らず、部活に顔をだすこともなかった。コーチやインストラクターもいないため、部員全員でDVDや動画サイトを見て、選曲に構成、振り付けまで考え、衣装づくりや舞台照明までこなしていた。

『フットルース』と『ストリート・オブ・ファイヤー』は部活で踊った曲だ。他にも『フラッシュダンス』や『ゴーストバスターズ』など、一九八〇年代の洋画から生まれたヒット曲を選ぶことが多かった。

これには理由がある。

みなほの高校のダンス部は、日本一を決める選手権をはじめ、毎年いくつかの大会に出場する。審査員の中には決まって五十代から六十代のひとがひとりかふたりいて、なんなら審査委員長の場合もあった。一九八〇年代の洋楽ならば、この世代にどんぴしゃでいいのではないかと、みなほが提案したのだ。これが功を奏したのかはさだかではないが、準入選や特別賞、審査委員長賞（このひとは五十代のオジサンだった）を獲得することができた。

　高校三年生の一時期、本気でダンサーを目指し、オーディションをいくつも受けたものの、箸《はし》にも棒にもかからなかった。諦めの悪い性格ではある。しかし実技審査で他のひと達のパフォーマンスを目の当たりにしていくうちに、自分のレベルの低さを思い知らされ、ダンサーの夢は完全に諦《あきら》めた。挫《ざ》折《せつ》といえば挫折だが、ならばなにか資格を取って堅実な道を進もうと考え、食にかかわることであれば、興味を持って勉強ができるし、仕事としてやっていけるように思えたので、栄養士を選んだ。それが正解かどうかはいまだわからない。

　ダンサーにはなれなかったが、ダンスはいまも好きだった。部活で踊った曲はすべて三世代前のスマホにダウンロードして、しょっちゅう聞いているし、卒業して八年経ったいまでも、どの曲の振り付けも身体が覚えているので、ムシャクシャした夜、社宅でひとりで踊りまくっている。今夜もそうなるだろう。いちばん近い新沼さん家でさえ、スープが冷めてしまう距離なのだ。どれだけ大音量でかけても、近所迷惑にはならない。

　高校卒業後はダンス部だったことをひた隠しにしている。踊ってみてよなどと言われたら嫌だからだ。自分の大切な思い出を、無神経なひとにイジられるくらい不愉快なことはない。

　タァラララトゥナイトッ。タラララァラァラァララトゥナイトッ。トゥナイトッ。

『今夜は青春』のサビの部分をグックーが唄う。いや、唄えていない。英語で唄える歌詞は〈トゥナイト〉だけなのだ。『フットルース』も〈フットルース〉のみである。みなほはグックーといっしょに唄い、高速道路に入った。

今度の金曜、献立会議ですよね。もう準備はできてます？

部活のダンスメドレーが一段落したあと、グックーが訊《たず》ねてきた。

「だいたいはね」

献立会議はひと月先の二週間分のを決める。今度の金曜は八月上旬の献立だ。山の日とお盆休みがあるので、いつもよりは二、三日少なめだし、まだじゅうぶん日がある。それでも早めに決めたほうが気が楽だった。

六月に〈悪玉コレステロールをやっつけろ！〉だったテーマは、七月は〈夏バテに負けるな！〉、そして八月は〈血圧に注意しよう！〉に決めた。

ゴールデンウィーク前におこなわれたヒヨコ家具の健康診断は昨年に比べ、再検査の社員が減るには減った。しかし総務部に話を聞きにいったところ、再検査が必要ないとは言え、高血圧の社員が多いとのことで、このテーマにした。

「血圧を下げるためにはなによりもまず、ナトリウムの摂取量を減らすに尽きるんだよね」

ナトリウムって食塩の主成分のひとつですよね。

「うん。だから減塩を心がけるのがいちばんで、一日六グラム未満に抑えるのが望ましい。でも世間一般的に二十歳以上の男性が一〇・九グラム、女性は九・三グラム摂取しているのが現状なんだ。献立はほぼ決まっていても、塩分をどう減らせばいいかが悩みどころでさぁ」

塩を減らせば当然、薄味になっちゃいますもんね。

「そうなんだ。だから出汁《だし》の旨味《うまみ》成分をつかう方向で考えてはいるのね。昆布や煮干しだけでなく、かつお節、さば節、いわし節などをつかってみたらどうかって赤星さんに提案するつもりなんだ。大量のきのこを水から炊くと、さらに旨味がでるからこれも試そうと思ってる。あとお椀《わん》によそう段階で、具を多め汁は少なめにするよう、汁物担当の菊之助くんにお願いしようかと」

塩味が足らないぶん、香辛料や柑橘類《かんきつるい》で補ってみてはどうです？　お酢とかもナトリウムが少ないんで、使ってみるといいと思いますよ。それにゴマやアーモンドを使うと料理にコクがでませんか？

「冴《さ》えてるじゃないの、グックー」

ありがとうございます。

「あと高血圧とは関係ないんだけど、いまさっき食べてきたお店で、カダイフを巻いた料理がでてきたのね。麻布十番の社員食堂で使ったことがあってさ。そんとき聞いた話だと揚物の衣に使えば、パン粉に比べて、油を吸う量が三分の一らしいんだ」

だけどカダイフを巻くのって手間ですよね。揚げるときも広がっちゃうかもしれないし。悪玉バアサンから文句がでませんか。

「でるよ、ぜったい。だったら私がやればいいだけのことだし。でもそう言うとあの悪玉バアサン、私にできやんちゅうのかいって、突っかかってくるのは目に見えているでしょ。そしたらこっちのものよ。その腕前をぜひ御披露くださいとお願いすればだいじょうぶ」

そうウマくいきますかねぇ。

献立を考えるのは大変だが、みなほは好きだ。栄養士としての仕事の中ではいちばんやりがいを感じる。ヒヨコ家具の献立会議は郷力に言い負かされないよう理論武装をして挑まねばならず、準備に時間はかかるが、おかげでカロリー計算のミスや、自分の思いちがいなどが発見できるので、むしろありがたいくらいだ。

高速道路をおりると例の交差点にでる。いまは帰りなので右に曲がれば空港だ。だが羽田への最終便は三時間も前にでてしまっている。

東京へ戻るのは実績をあげて、昇進したときだ。いまここで逃げだすわけにはいかない。

「こちらの茄子《なす》をご覧くださぁい」

まつざき農園の同音異字夫婦の旦那《だんな》、誠さんが張りのある声でそう言い、右手で茄子を高く掲げた。彼を取り囲むひと達から「おぉぉぉ」とどよめきがあがる。その茄子はまん丸で、直径が十センチ以上もあったのだ。

「みなさん、ナイスリアクションです」

自分の言葉に笑いが起こると、誠さんは満足そうに微笑んだ。隣に立つ真琴さんもうれしそうだ。まつざき農園では毎週土曜に一時間半程度、農業体験をおこなっている。参加費は十二歳以下はタダ、それ以上は千円だ。

週によって採る野菜はまちまちで、SNSで告知し、三日前までに予約してもらう。今日は六月最後の土曜、梅雨の真っ只中《ただなか》で、空はどんよりとした雲に覆われているものの、予報だと昼まで雨は降らないようだった。ただしだいぶ蒸し暑い。着てきた長袖《ながそで》シャツが思ったよりも厚めの生地だったせいで、みなほは全身じんわり汗をかいていた。

「ずいぶんと大きな茄子《なす》ですよね。このあたりの方言で言えば、えらいがいな茄子やよおとなります」

あっとみなほは危うく声がでそうになった。以前、新沼さんがししとうを持ってきたとき、〈がいなししとう〉と言ったのは〈大きなししとう〉という意味だったのかといまさらながら気づいたのである。

「こちらの茄子、重さが四〇〇グラム弱ありまして、ふつうの茄子の二倍から四倍はあり、その重さに由来して文鎮茄子と呼ばれています。白波町を含む、この地域一帯の名産品でしたが、長茄子の勢いに押され、次第に廃れてしまいました。こうした絶滅の危機に瀕《ひん》した伝統野菜を復活させるべく、私達夫婦は知りあいの農家だけでなく、行政や地元商工会、流通事業者、大学や高校にまで呼びかけ、〈温故知新の会〉という団体を十年ほど前に発足しました。文鎮茄子はその会のメンバーの協力のもと、種から苗を取り、栽培を開始、現在は十軒の栽培農家で十トン近くを生産しております。販売ルートは卸売場を通さず、ウチが窓口になり、小売店や地元の特産品直売所に出荷していたところ、自然とブランド化しまして、食通の中で人気となり、いまでは県内のみならず大阪や京都、東京の有名料理店で使われています」

今度は拍手が起きた。みなほもいっしょになって手を叩《たた》く。誠&真琴夫婦はにこやかに応《こた》える。直売所の写真よりも幸せそうで輝いて見えた。朝陽に照らされているせいかもしれない。

「今日はこれからみなさんに、文鎮茄子の収穫を手伝っていただきます。よろしくお願いします」

思ったより楽勝じゃん。

みなほは『今夜は青春』を鼻歌で唄《うた》いながら、左手で文鎮茄子を持ち、右手で教わったところにハサミを入れ、パチンと枝を切った。そして茄子をうしろの籠《かご》に入れる。ずっと中腰でいるのはツライ。でも他にこれと言って問題はなく、順調に進めていくことができた。

今日、農業体験に訪れているのは二十人前後だった。真琴さんの話だと、いつもよりも少し多めらしい。老若男女国籍問わず、家族連れもいればカップル、友達同士のグループもいて、みんなわいわいがやがや賑《にぎ》やかで楽しそうだ。ひとりで参加しているのはみなほだけだった。べつに寂しくはない。だがまわりのひとに、なんで若い女がぼっちできているのか、妙に思われているだろう。憐《あわ》れまれているかもしれない。

ちがうんですよ、これは仕事の一環なんです。

できれば大声で言い訳したい。赤星と菊之助を誘いはした。しかしどちらも、その日は用事があるのでと体よく断られてしまったのである。

はいはい、どうせ私は休日がヒマな女です。

たまに誘われたかと思えば、元カレのカエル男だ。まったくもって腹立たしい。昨夜は社宅に帰ってからも怒りが収まらず、寝る前に一時間近く、無観客のみなほダンスショーを繰り広げた。

「この茄子、どう料理したらええの？」

「水分が少なく実がしっかりしているので、煮たり炒《いた》めたりしてもカタチが崩れず、味が沁《し》みこんで、食感が存分に楽しめます。ウチのカフェでも提供していて人気なのはカレーです。この大きさを利用して、中を半分くらいくり抜いたのを器代わりにグラタンにするのもアリでしょう。それと薄く切って、餃子《ギョーザ》の皮代わりに使うのもイケますので、ぜひお試しください」

参加者の女性に、誠さんがハキハキと答える。その姿はまさに体操のお兄さんのようだった。

歌のお姉さんこと真琴さんは驚くべきことに、英語を話していた。海外からの参加者になにやら説明しているらしい。

あのひとは東京でなにをしていたんだろ。外資系の会社で働いていたとか？　だとしたら体操のお兄さんとどこでどうやって知りあって、結婚することになったのかな。

夫婦揃ってコミュ力が高い。真琴さんの話だと、農業体験の参加者は大阪や京都、名古屋、東京と国内だけでなく、海外からのリピーターも数多く、たいがいのひととは名前で呼びあっているという。

友達なんだから私のこと、名前で呼んでちょうだい。私もみなほさんって呼ぶわね。

いつ友達になったかはわからないが、みなほに異論はなかった。白波町に赴任して、下の名前で呼ばれるのはグックー以外、はじめてだった。

「マコトさぁん」

参加者のだれかが呼んだ。すると夫婦同時に「はぁぁい」と返事をした。参加者全員が笑う。なんとも和やかな雰囲気だ。

社員食堂とは全然ちがうな。

このひと月弱、郷力の矛先はみなほよりも美園にむけられるようになった。なにかにつけ、美園が突っかかるというのもある。みなほのやり方に郷力が文句を言い、それに対して美園が口を挟み、ふたりのやりあいがはじまってしまう。パートの〈さしすせ〉四人は郷力に加担し、赤星は見て見ぬ振りだ。菊之助もイイオトナガナニヤッテンダカという顔でシカトする。となれば、みなほが仲裁に入るしかなかった。するとそこでみなほと郷力で一悶着《ひともんちゃく》起きてしまう。

やっぱあの交差点曲がって、空港いって、飛行機に乗って、東京に帰っちゃいたいよ。でもそこから先がまるで思い描けないのも事実だ。地方から逃げてきた人間を、会社がすんなり受け入れてくれるはずがない。

ん？

文鎮茄子を握る左手に違和感があった。見えていない甲のほうがモゾモゾする。なにかと思い手首を返すなり、みなほは血の気が引き、息ができなくなった。小指ほどにふっくら太った芋虫が這《は》っていた。両足の力が抜け、意識が遠のき、目の前が真っ暗になっていく。

目覚めてまず見えたのが羽目板の天井だった。つぎにベッドに横たわっているのに気づく。額の上になにかが載っていることにもだ。どこだ、ここは？　と思っていると、真琴さんが顔を覗《のぞ》きこんできた。

「だいじょうぶ？」

そう訊《き》かれ、自分の身になにが起きたのか、みなほは瞬時に思いだす。慌てて左手の甲を見る。当然だが芋虫はいなかった。

「すみません」詫《わ》びながら起きあがろうとすると、額からなにかが掛け布団に落ちる。

タオルに巻いた保冷剤だった。パイプ椅子から軽く腰を浮かせ、真琴さんがそれを拾う。

「病院へ連れていこうともしたんだけど、ひとまず安静にして様子をみることにしたの。目覚めてよかった」

ここはログハウスの一階にある救護室で、畑で倒れたみなほは担架で運ばれたのだという。言われてみれば学校の保健室につくりが似ている。消毒液臭いのもいっしょだ。

「まだ横になっててもいいわよ」

「もう平気です。ご迷惑かけて申し訳ありませんでした」

「気にしないで。でもこういうのよくあるの？　貧血気味だったりする？」

「そういうわけでは」芋虫に驚いたせいとは言いづらかった。

「それじゃ熱中症かしらね。今日みたいな曇りでも湿度が高くて蒸し暑いとなるんだって」

なので真琴さんがシャツのボタンをいくつか外し、額にタオルに巻いた保冷剤を載せてくれていたらしい。

「はい、これ」

「ありがとうございます」真琴さんが差しだす水のペットボトルを受け取り、ごくごくと音を立てて飲む。喉が渇いていたので、半分近くを一気に飲んでしまう。「私、どんくらい寝てました？」

「三十分くらいかな。そうだ」返事をしつつ、真琴さんはスマホを取りだし、ＬＩＮＥ

を打ちだした。「みなほさんが目覚めたこと、旦那《だんな》に伝えておかないと」

「農業体験はおわっちゃいました？」

「あと少しでオシマイ」

「仕入れ分の文鎮茄子《なす》なんですが」

文鎮茄子一個で三、四人分はつくれる。そこで今日は自分が採ったのを加えて二十個をグックーに載せ、ヒヨコ家具まで運びますと、真琴さんには事前に話してあった。

「準備できてるわよ。じつは私からもお願いしたいことがあるんだけどいい？」

「なんです？」

「このあいだ農家の寄合で、ヒヨコ家具の社員食堂の話をしたら、ウチの野菜も使ってもらえんかってみんなに言われちゃってね。それぞれの農家で採れた野菜を段ボール一箱に詰めといたから、試しに食べてみてくれないかな」

「ありがたいです。じつは私も地元の野菜をもっと使えないものか、真琴さんに相談しようと思っていたところだったんです」

「ほんとに？　だったらよかった。ピーマンとかゴーヤとか冬瓜《とうがん》とか、いろいろあるんで選び放題だよ。あ、でも、みなほさん、まだ本調子じゃないでしょ。心配だから私があの車を運転して、ヒヨコ家具までいって、みなほさんをウチまで送ってあげるわ。帰りは誠さんに迎えにきてもらえばいいし。そうしましょ。ね？」

こちらのお姉さんが運転なさるんですか。

グックーが驚くのも無理はない。運転席に真琴さんが座ったからだ。

「この車、ずっと運転したかったんだ。念願叶《かな》って感激だわ」

マジですか。そう言っていただけると、この歳まで廃車にならず、ミゼットIIをつづけてやってこられてよかったですよ。

「窮屈ですよね」浮かれるグックーとは正反対に、みなほは申し訳なさそうに言う。

「全然。私、身体小《ち》っちゃいし、乗り心地抜群よ。運転する前に、中も写真を撮ってもいいかな」

「どうぞ」

〈中も〉とは、荷台に文鎮茄子とその他、さまざまな野菜が入った段ボール箱を荷台に載せたあと、真琴さんはグックーの外観をあらゆる角度から撮影していたのだ。

「歴代の栄養士さんが乗ってたけど、みなほさんがいちばん使いこなしているっていうか、この車といちばん相性がいいんじゃないのかな」

俺もそう思います、とグックー。

「昨日の夜も海沿いの国道を走っているの見たわよ。高速に乗ってどっかいってた？」

「あ、はい」

元カレの誘いにホイホイ乗ってノコノコでかけたんですよね。

「うっさい」

「なんか言った？」

「いえ、なにも」グックーを叱りつけたんですとは言えない。

真琴さんがハンドルを握るグックーは、ログハウス脇の駐車場をでて、出入口にある門をくぐった。〈Welcome!　MATSUZAKI FARM〉の反対側には〈See you again!　MATSUZAKI FARM〉と書いてあるのにみなほは気づく。

「ずいぶん昔のスマホ、使っているのね」

ホルダーに塡《は》めてある三世代前のスマホを見て、真琴さんが言った。

「これは前に使ってたヤツで、いまは好きな曲をダウンロードして、プレイヤー代わりにしてます」

「そうなんだ。かけてみて」

「昔の洋楽ばっかかですよ」と断ってからスマホで曲を流す。

「あ、これ、『トップガン』のだよね」『フットルース』とおなじケニー・ロギンスが唄《うた》う『デンジャー・ゾーン』だ。「私、ついこのあいだ続編を配信でみたばっかなんだ。アガるよねぇ、この曲」

このひとが東京でなにをしていたか知りたいんでしょ。いま訊いてみたらどうです？

グックーが話しかけてくる。

いきなり？　不躾《ぶしつけ》すぎるよ、とみなほは言い返す。

だったら、いつから白波町にお住まいなんですかって質問からはじめてみたら？

なるほどと思い、そう口にしかけたときだ。

「なんでみなほさんが、ウチの野菜を食材に使いたいって連絡してきたの?」真琴さんに先手を取られてしまった。「料理人の方に頼まれて?」

「頼まれてというか相談してです。食材の発注は栄養士の役目なので」

「カロリー計算や栄養バランスを考えて、献立つくるのが、栄養士の仕事でしょ?」

「それがメインではあります。だけどその他にも、いま言ったように食材の発注や在庫管理、会計に原価管理、衛生管理などもしています」

「そんなにやらなくちゃいけないの?」真琴さんのリアクションはややオーバーに思えた。でも驚いているのはたしからしい。「大変じゃない?」

「大変です」とみなほは言い切る。「ただ、ここまでは提供する料理にまつわることなので、よりよくするためにはどうすればいいか、モチベーションをあげて取りかかれます。でもこのうえ人事管理もしなければなりません」

赤坂と麻布十番ではもうひとり栄養士がいて、先輩だったこともあり、その手の仕事は請け負ってくれた。だがヒヨコ家具ではそうはいかない。

「パートは全員年上、そのうち三人なんて私の母より上ですからね。そんなひと達の日常業務を監督および指導なんて、ほんと厳しくて」

つい愚痴がでてしまう。

「とくに女帝なんて手強《てごわ》いでしょ」

「知ってるんですか、郷力さんを」

「ここらの農家は年寄りばっかで人手不足だから、ときどき手伝いにいくのよ。すると彼女もきてることが多いんだ。家族おらんから休日はヒマなんよって話しているのを聞いたことがある」

私とおなじではないか。いや、それよりもだ。

「郷力さんって家族がいないんですか」

「旦那さんはずいぶん前に亡くなっていて、ひとり娘は結婚して東京にいるみたい」

「郷力さん本人にお聞きになった？」

「あのひととはいまだにまともにしゃべったことはないのよ」真琴さんは苦笑いに似た表情を浮かべる。「初対面のとき挨拶《あいさつ》をして話しかけたら、東京弁がキツくてなに話しとるかわからんって言われたんだよね。だからいまのはぜんぶ、人伝《ひとづて》に聞いた話。あのひとってヨソ者の女性には厳しい。それが東京ともなると尚更《なおさら》なんだって」

「なんでです？」

「詳しくは知らないけど、東京にいったままのひとり娘が関係あるみたいね。おかげでウマカフーズの栄養士さん達をつぎつぎと辞めさせているんでしょ。でもみなほさんは接戦を繰り広げているって」

「だれに聞きました、その話？」

「ヒヨコ家具にサシマテンゾーっていう、大柄で太っているアラサー男子がいるんだけど」

「わかります」

郷力に酢鶏《すどり》の鶏肉だけをねだって、美園に叱られた男性だ。佐島典蔵《さしまてんぞう》と真琴さんは漢字まで教えてくれた。

「彼、誠さんと母親同士が姉妹のイトコなのよ。子どもの頃から兄弟みたいになかよくて、いまでも鴛川で釣りしたり、ウチでゲームしたりする仲でさ。私もいっしょにご飯食べるときがあって、そのとき聞いたんだ」

「ウチでパートをしている美園さんと知りあいみたいでしたが」

「美園さんとは高校がおなじで学年もおなじ、おなじバスケ部で典蔵は男子の、美園は女子のキャプテンだったそうよ。私がこっちにきたときには、典蔵くんは大阪の美大生ですでにぽっちゃりしてたけど、高校の頃はほっそりしてて、モテモテだったみたい」

申し訳ないが、いまの容姿からはとても想像できない。

「高校の頃はふたり、つきあってはないものの、イイ感じだったみたいなんだ。でも美園さん、高校卒業したら東京にいってしまって」

あんたはまだ東京に未練タラタラなんよ。

郷力が美園にそう言ったのを思いだす。

「みなほさんは東京でも社員食堂で働いていたの？」

「あ、はい」

「東京のどこ？」

「赤坂にある外資系IT企業で二年、麻布十番のカード会社で二年九ヶ月、働いていました」

「懐かしいなぁ。私もこっちに嫁ぐ前までは、そのへん、よくいってたよ」

「よくいってたってなにしに？」

「仕事と言えば仕事」

「どんな？」

みなほの問いには答えず、真琴さんはにやりと笑った。そしてハンドルを握ったままで背筋を伸ばし、咳払《せきばら》いをひとつしてから、それまでとはちがう声音で流暢《りゅうちょう》に語りだす。

「本日はアヒルバスをご利用いただきまして、まことにありがとうございます。みなさまのお供をさせていただきます、ガイドの加藤《かとう》真琴でございます。たいへん未熟ではございますが、一所懸命務めさせていただきますので、どうぞ今日一日よろしくお願いします」

「真琴さん、バスガイドだったんですか」

「うん。十八歳で就職、三十二歳で寿退社して、こっちにきたんだ。加藤は旧姓」

アヒルバスなら、みなほも知っていた。麻布十番のカード会社の前を走っていくのを年中、見かけたからだ。その話を真琴さんにしたところ、「あのへんはちょうど六本木《ろっぽんぎ》ヒルズと東京タワーの真ん中あたりで、東京観光ツアーの通り道だったんで」と言った。

よくいっていたとはそういうことなのか。なるほど、仕事と言えば仕事だ。

「さっき畑で英語、話してましたよね」

「バスガイド時代、インバウンド対策として、会社のお金で英会話教室に通ってたんだ。まさかこっちにきても役立つとは思ってなかったよ」

「でも白波町の誠さんとはどうやって知りあったんです？」

「彼がそのツアーのお客さんだったのよ。ツアーのおわりにケータイの番号を書いた紙を渡されたの。それがはじまり」

　体操のおにいさんのくせして、やるときはやるんだな。

「十番稲荷《じゅうばんいなり》神社は知ってる？」

「知ってます。私の働いていたとことめっちゃ近かったです。十一月には酉《とり》の市がおこなわれて、毎年いってました」

　すると真琴さんはふたたびガイドをはじめた。

「みなさま、左手に見えて参りましたのが十番稲荷神社でございます。江戸《えど》の昔、このあたり一帯が大火事に見舞われた際、近くの池に棲《す》むカエルが水を吹いたおかげで、備《びっ》中《ちゅう》のお殿様の屋敷だけが焼かれずに済んだという伝説があります。こちらの神社では麻布七不思議のひとつに数えられるこの伝説に因《ちな》んだ御神札を授与していまして、鳥居の東脇には奉納されたカエルの石像が鎮座しております」

　ほら、ご覧なさい。カエルは人助けだってするんです。それを蛙化現象だなんて。

わかった、わかったとみなほはグックーを宥《なだ》める。

十番稲荷神社では港区で唯一、酉の市がおこなわれていた。そしてカード会社の社員食堂ではスタッフみんなで一の酉へいくのが恒例だった。みなほが派遣されるずっと前からだ。前年の熊手を納め、新しい熊手を買って、事務室の壁に一年間、飾っておく。なにもみんなでいかずともと思ったものだった。でもいまとなっては懐かしい。そしてつづけざまに麻布十番での思い出が頭の中を横切っていく。鯛焼《たいや》きにチーズケーキ、揚げもち、かりんとう、ドーナツ、ジェラート。

スイーツの思い出しかないんですか。

すかさずグックーがツッコミを入れてきた。

うっさいなぁ。

「郷力さんは私のことを東京の人間って言うけど、ほんとは東北の片田舎の出身なんだ。十代のときは東京に憧《あこが》れて、だから上京して、バスガイドになったのね。当時は東京にいるってだけでうれしかったし、ほぼ毎日、東京の隅々までバスでぐるぐるまわって案内するのも楽しかった。でも三十過ぎてからは、どうして自分がここにいるんだろうって思うようになったの。好きだった異性に対して、気持ちが冷めちゃう蛙化現象ってあるでしょ。まさに私にとって東京がカエルになったわけ」

お姉さんもそれ言いますか。

グックーが物悲しそうに言った。

「みなほさんは、ここをなんにもない田舎町だと思う？」

「さすがにそこまでは」

「私は思っていたよ」真琴さんはクスクスと笑った。「ここでは朝マックは食べられないし、スタバの季節限定のフラペチーノも飲めないんだと思ったら、絶望的な気持ちにさえなったわ」

「ミスドのポン・デ・リングやサーティワンのポッピングシャワーも食べられません」

「だよね」真琴さんは深々と頷《うなず》く。「それはそれで悲しむべきことだよ。でも東京にはないものが、この町にはいくらでもある。なんにもないどころか宝の山じゃないのかな」

強がってもいなければ、粋《いき》がってもいない。とりわけ熱く語っているわけでもないのに、真琴さんの本心であることは、じゅうぶん伝わってきた。


週が明けて七月の第一月曜、みなほは勝負にでた。主菜Aをいつもより二割増につくることにしたのだ。それにあわせ、ご飯とみそ汁、小鉢の量も増やした。

主菜Aは麻婆茄子《マーボーなす》だ。もともと人気が高い。そのうえまつざき農園の文鎮茄子を使っているとなれば、よりいっそうハケるはずだと踏んだのである。先週末には黒板に告知をしてあったし、今日は朝から食堂前に文鎮茄子を一個置いていた。いまいち目を引かなかったので、ハロウィンのカボチャみたいに、カッターで目と鼻と口のカタチに皮を切り取ってみた。

食堂が閉店したあと、事務室のパソコンで、今日の売上げのチェックをして、みなほはひとりニヤついていた。勝負に勝ったからだ。麻婆茄子は飛ぶように売れた。豚肉とズッキーニの山椒炒《さんしょういた》めよりも二割増の数だったのに、五分短い二十五分で売り切れてしまった。主菜Bも、まつざき農園のズッキーニを使い、鶏ささみとの冷しゃぶ風で、これもまた閉店までには完売だった。

こうして売行きがいいと、社員食堂のスタッフのだれしもが機嫌がよくなる。自分達がしていることが報われたと思うからだろう。郷力も例外ではない。まつざき農園の真琴さんについてもとやかく言わなかったし、みなほに対する当たりはだいぶ柔らかくなっていた。波風はほとんど立っておらず、今日一日は凪《なぎ》と言っていい。美園が彼女に歯向かうこともなかった。毎朝、車をだして他のパート達の送り迎えも、文句言わずにこなしている。

ジャンクワシャン、ジャンクワシャン、ジャンクワシャンッ。

厨房《ちゅうぼう》で中華鍋《なべ》の音がする。赤星がまかないをつくっているのだろう。一昨日、真琴さんから試しに食べてみてと、彼女の知りあいの農家で採れた野菜を段ボール一箱分、譲ってもらった。その中のどれかを食材に使っているはずだ。ホールにいこうと腰をあげると、郷力の声が聞こえてきた。なにを言っているかははっきりしない。つづけてちがう声もした。美園だ。ふたりが言いあっているのだ。凪どころではない、大荒れだ。

みなほは事務室を飛びだし、ホールへむかう。郷力と美園は魚のカタチをしたテーブルを挟んで、立ったまま対峙《たいじ》していた。昔の漫画ならば、ふたりのバックにもつれあう龍虎《りゅうこ》が描かれたことだろう。赤星と菊之助は厨房からでてきていない。パートの塩崎は郷力側にいるものの、心配そうになりゆきを見守っているだけだった。

「もぉいっぺん言うてみぃ」郷力が吼《ほ》える。

「なんべんでも言うちゃるわっ」美園が吼え返す。「そんなイケズでネジ曲がった性格やさけ、娘も逃げて東京から戻ってこやんのや」

「それは言うたらあかんことや」

塩崎が警告するように言う。だがもう遅い。

「やかましかっ」郷力が叫ぶ。怒りのあまり血がのぼり、顔が真っ赤になっている。

「妻子持ちの男に騙《だま》されて、相手の奥さんに職場に怒鳴りこまれて、会社におられんようになって、東京から尻尾《しっぽ》巻いて逃げてきたくせしてなんや」

「どうしてそれを」

「私だけやない。町のもんはだれでも知っとるわ。東京だけやなしにその男にもまだ未練タラタラなんやろ」

美園の顔が歪《ゆが》む。あらゆる感情が沸き起こり、制御できなくなったようだ。しばらく郷力を睨《にら》んでいたが、やがて踵《きびす》を返し、走り去っていく。そのあとを追いかけようと振りむけば、赤星が大皿を持って突っ立っていた。

「ま、まかないできたんですが」

「今日はなんなん？」郷力だ。いくら本人が冷静を装おうとも、怒りの湯気がプスプス洩《も》れている。

「冬瓜《とうがん》のそぼろ煮です」赤星が答える。

「冬瓜なんてどっからでてきたん？」郷力がつづけて言う。

「食材にどうかと、日元さんがまつざき農園からお試し用にいただいてきたんです」

「どんだけあそこの野菜をつかうん？」郷力はみなほのほうをむく。

「いいえ、冬瓜はちがう農家さんで採れたもので」

なんて説明している場合ではなかった。みなほは駆けだし、厨房の裏を回り、事務室を抜け、女子更衣室のドアを開く。美園はいない。ランドリーケースの蓋《ふた》がしっかり閉まっておらず、制服の袖《そで》がはみでている。駐車場へでるために一旦《いったん》ホールに戻ると、厨房からでてきた菊之助と出会《でくわ》す。彼はみそ汁とご飯をトレイに載せて運んでいた。

「日元さん、食べます？」

「いや、私は」

そのときガラス窓のむこうに車があらわれた。真っ赤なワゴンRだ。魚のテーブルの前で止まり、運転席の窓が開く。美園が身を乗りだし、アッカンベーをしてから、右腕を伸ばすと中指を立てた。あきらかに郷力にむけてだ。そして真っ赤なワゴンRは去っていった。

「やだ」一瞬の間があってから塩崎が言った。「あの子おらなんだら、ウチら帰れんよ」

「私の車でお送りします」と赤星が申しでる。

「ほんまに？　悪いわね。なんぼ怒ったさけってあんなことやんでもええのにな。どういうつもりなんやろ？　なぁ、多恵子さん」

塩崎が問いかけても、郷力は苦々しい顔のままで、一言も発しようとしなかった。


みなほさん、あれってもしかして。

そう言いながらグックーが止まる。

ここはおなじ白波町でも一戸建てが立ち並ぶ閑静な住宅街だ。東京や埼玉のとはちがい、せせこましさはない。どの家も敷地が広く、ゆったりとしているからだろう。グックーが横付けした家もそうだった。みなほの実家とおなじ二階一戸建てでも一・五倍は大きい。車が横並びで三台置けるスペースがあるが、いまは真っ赤なワゴンR一台だけだった。

家を挟んで反対側にはバスケットゴールが立つ庭がある。そしてそこにボールをドリブルするひとがいた。グレーのTシャツにゆったりとした七分丈の黒いパンツというでたちで、髪を頭の上でお団子にしている。みなほからは背中しか見えないが、身体の線からして女性にちがいない。

しばらく様子を窺《うかが》っていると、お団子頭の彼女はリング下でシュートを放った。ボールはフワッと山なりに軌道を描き、リングへと落ちていく。二、三度バウンドしたボールを両手で取って振りむいた。背後からの視線を感じていたのだろう。

やはり美園だった。

車窓を開くと、みなほよりも先に呼びかけてきた。

「なにしにきたんです、日元さん」

「また真琴さんからお試し用の野菜をもらいまして」助手席にレジ袋に入れた野菜があった。みなほはこれを手に持ち、グックーをでる。「ただしまつざき農園のではなくて、よその農家さんのです。みんなで分けるつもりだったのが、美園さん、先に帰っちゃったものだから、こうしてお届けに馳《は》せ参じました」

「そんなの明日でもよかったのに」

「ということは美園さん、明日も働きにきてくださるんですね」

「もちろん。どうして？」

「いや、あの、郷力さんにアッカンベーして中指立てて、去っていったもので」

「あれはやりすぎました。反省しています。だから仕事はやめません」

みなほはホッと胸を撫《な》で下ろす。

「それはよかったです」

「家にいても居場所がないですし」美園は自嘲《じちょう》気味に笑う。少し寂しげでもあった。

そしてみなほが差しだすレジ袋を受け取ると、中をのぞきこむ。

「これって、お妃冬瓜《きさき》？」

「そうです」

冬瓜はふつう、一玉三、四キロあるが、お妃冬瓜は二回りほど小さくて、一・五キロ前後程度と、調理がしやすいサイズなのだ。白波町の特産物ではないものの、栽培している農家が多いと真琴さんに聞いた。

「今日のまかないは、この冬瓜のそぼろ煮でした」

「食べたかったなぁ」美園はボヤくように言う。

「私もです」

「食べてないんですか、日元さん？」

「あ、はい」

美園はみなほの顔をしげしげと見る。

「だったらお腹減っているでしょう？　この野菜でなにかつくるから食べていきませんか？」

「私もつくりますよ」

みなほは自然とそう口にする。お腹が減っていたというのもあるが、このまま美園と別れ難かった。

「ほんとに？　じゃあ、そうしましょ」

真っ赤なワゴンRの隣にグックーを停めさせてもらう。本来そこにあるはずの車で、美園の両親は県庁所在地に住む妹さんのところへでかけているらしい。美園のあとについて家の中に入り、むかった先はダイニングキッチンだった。調理をするスペースが広く、使い勝手がよさそうだった。

「妹は緊急事態宣言の真っ只中《ただなか》、高校の同級生と結婚して、一歳になる娘もいるんですよ。旦那《だんな》さんが忙しいひとで帰りが九時十時で大変だからって、両親が週に二回のペースで通っているの。私としても両親としょっちゅう家ん中で鼻つきあわせていると息が詰まるんで、三方ウィンウィンウィンなんです」

　そう話しながら美園は冷蔵庫を開くと、鶏胸肉《とりむねにく》と、なにかの料理に使ってあまったのだろう、三分の一のにんじんや半分以下になったたまねぎをだして、コンロ脇に並べていく。ラベルが貼られていない中身が不明の瓶も取りだす。最後に発泡酒をだすなり蓋を開け、ぐびぐびと呑《の》んだ。

「あ、ごめん。自分だけ呑んじゃった」美園は照れ臭そうに笑う。「日元さんもどうです？」

「私は車なんで」

「そっか。じゃあ、いまグラスをだすんで、烏龍茶《ウーロンちゃ》と十六茶と午後の紅茶、お好きなのをどうぞ」

　いずれも二リットルのペットボトルが冷蔵庫に入っていた。美園から受け取ったグラスに十六茶を注ぐ。

「冷蔵庫にあるもの、なんでも使っていいですよ」

美園はそう言いながら、お妃冬瓜を俎板《まないた》にのっけていた。両端を切って縦半分、さらに半分と切り分け、そのうちの一片の種とわたを取り、包丁で縦に皮をむき、食べやすいサイズに切っていく。

「美園さんはゴーヤが平気なひと？」

「平気どころか自分で買ってきて、ゴーヤチャンプルつくることもあるくらい」

「ご飯はありますか」

「今朝、三合炊いたんで、じゅうぶん残ってる」

「煮干しと白ゴマ、あと擂《す》り鉢なんて、あったりします？」

食器棚やシンクの下のキャビネットから、美園にそれぞれをだしてもらう。みなほは冷蔵庫から木綿豆腐一丁とアジの干物、白みそをだす。

「電子レンジ、使ってもいいですか」

「もちろん」

木綿豆腐をキッチンペーパーで包み、電子レンジで加熱した。これで水切りはできた。アジはコンロ下のグリルに入れて焼く。ゴーヤは縦半分に切って、冬瓜とおなじく種とわたを取ったら薄切りだ。そしてボウルに入れ、塩を振って揉《も》みこむ。煮干しは三十グラム皿にだし、魚特有の臭みとえぐみを減らすため、頭と内臓を取る。ぜんぶで五十四ほどあって、細々とした面倒な作業だが、どうにかすませた。そしてフライパンで数分、空煎《からい》りをしたら、白ゴマを加えて軽く炒《いた》め、擂り鉢に移して擂り潰《つぶ》す。ここへ白みそを投入し、かき混ぜる。

　隣では美園が鶏胸肉を食べやすいサイズに切って、ビニール袋へ、そこへラベルがない瓶の中身をスプーンで注ぎこんだ。白い粒が浮きでた焦茶色の液体だった。

「それなんですか」

「醤油麹《しょうゆこうじ》や。ウチは醤油の代わりにもっぱらこれなんよ」いつの間にか発泡酒は二本目で、美園の顔は朱に染まっていた。酔ってきたせいか、訛りが少しでてきている。「なんとか酸が塩麹に比べたら十倍以上なんだって、母親が言うとった」

「グルタミン酸ですね」

　ひとの身体の二十パーセントはたんぱく質でできている。これをつくる二十種類のアミノ酸のうちのひとつがグルタミン酸だ。略号はGlu、脳を活性化させ、アンモニアの解毒や利尿効果がある。昆布に多く含まれており、かつお節のイノシン酸、干ししいたけのグアニル酸と並ぶ三大旨味《うまみ》成分でもある。

「そう、それ。さすが栄養士」美園が言った。褒めているのか、からかっているのか、よくわからない。「そのグルタミン酸って美白効果があるんやろ」

　より正しく言えばグルタミン酸とおなじくアミノ酸の仲間であるシステインとグリシンが結合してグルタチオンという化合物《ペプチド》ができる。このサプリメントが販売され、美白効果があると言われているのは間違いない。

「だから私だけじゃなくて、ヒヨコ家具の女性陣が、こぞってチューシンさんに醤油麹のつくり方を教わりにいったんよ」美園は鶏胸肉と醤油麹が入ったビニール袋の口を縛って、揉みだした。「つくり方言うても、麹と醤油を混ぜて、あったかい場所に置いて、毎日かきまわして、とろみがでたら冷蔵庫に入れて、さらに一週間待てば、できあがり」

「どなたですか、チューシンさんって」

「製造部第三課のヒラリチューシンさん。日元さん知らないの？」

美園は揉んでいた袋を置き、冷蔵庫の扉に貼り付けてある小振りなホワイトボードに水性ペンで〈平利忠信〉と書いた。

「ほんとはタダノブって読むらしいんやけど、みんなチューシン呼んどる」

「どんな方です？」

「六十代なかばのオジイチャン」

「それじゃわかりませんって。ヒヨコ家具はオジイチャンだらけですし」

だらけは言い過ぎだとみなほは自分でも思う。だが実際、ヒヨコ家具は六十歳の定年後、再雇用で働く職人が多く、ふつうの会社よりもオジイチャン率が高い。

「そっか。日元さんは知らなくて当然かも。忠信さん、毎日お弁当で工場の休憩室で食べてるし」

ならば知らなくても当然だ。みなほが社員食堂以外、ヒヨコ家具の社内で用がある場所と言えば総務部だけで、カマボコ型の工場に足を踏み入れたのは数える程度しかない。

美園はフライパンにごま油を垂らし、醬油麴に浸した鶏胸肉から炒め、つづけて冬瓜《とうがん》とその他の野菜を入れると、醬油麴の匂いが四方に広がり、空《す》きっ腹を刺激した。

「忠信さんって発酵食品をつくるのが趣味なんよ。ぬか漬けからはじめて、粕漬《かすづ》けや味噌《みそ》、甘酒をつくるようになって、麴にも詳しいんよ」

自分がつくった発酵食品をランチのときや仕事おわりにときどき振る舞い、つくり方を習うひとも多いそうだ。

「赤星さんがつこてる豆板醬《トウバンジャン》、手作りやろ？　あれ、忠信さんに教わったはずや」

赤星からそんな話は聞いていなかった。だがそれもやむを得ない。彼はこちらの質問には答えるものの、自分から話を振ってこない。

待てよ。醬油麴にはグルタミン酸の他に、なにか身体にいいことがあったんじゃなかったっけ。

専門学校で習ったのか、それとも本かネットで仕入れた知識だったか。どうしても思いだせない。

「忠信さんは発酵マイスターの資格を持ってってな。SNSで知りおうた発酵仲間と、この春から発酵食品のつくり方を紹介する動画もアップしとるんよ」

まさかヒヨコ家具にユーチューバーがいるとは思いもよらなかった。それも六十過ぎのオジイチャンとは。

「ヒヨコ家具の営業部に典蔵いう社員がおるやろ。郷力さんに酢鶏の鶏だけくれ言うたデブ」

ヒドい言い様だ。美園とおなじ高校でおなじバスケ部だった話を真琴さんから聞いてはいるものの、それは黙っておくことにした。

「アイツ、天保年間からつづく味噌蔵の次男坊なんやけど、大阪の美大に進んで、卒業したあとは大阪の映像製作会社で働いとったんよ。ところが三年前にその会社が潰れて、こっちぃ戻ってきてな。実家は味噌だけやのうて、発酵食品もあれこれ扱ってるさけ、そのへんの知識を持ちあわせとるんで、忠信さんの発酵仲間んなったんよ。そいでアイツが撮影と編集もやりますから言うて、動画サイトをはじめたんやて。毎週土曜八時に更新してて、もう七回か八回やっとってな。〈発酵だョ！全員集合〉ってしょうもないタイトルやけど、忠信さんが案外、しゃべりが達者で、典蔵もさすが元プロだけあって、撮影はキレイやし、編集もウマいんで、見やすいしわかりやすいんよ」

ピピッピピッと音が鳴る。

「日元さん、アジ、焼けたんじゃない？」

美園に言われ、アジをグリルからだす。ちょうどいい具合にこんがり焼けていた。身の部分だけを細かくほぐし、これも擂り鉢に入れたら、水に溶かした和風顆粒出汁《かりゅうだし》を徐々に注ぎつつかき混ぜる。なめらかになってきたら、水切りした豆腐を手で潰しながら入れ、薄切りしたゴーヤも加えて混ぜれば、冷や汁のできあがりだ。

「さっぱりしてるのにコクがあるじゃないの。おいしいなぁ。味が何層にも重なっていて、食べるたびにちがう味が口に広がっていく感じがするし。スゴいよ、日元さん」

そう言いながら美園はレンゲを手に取り、深皿に入れた冷や汁を掬《すく》って、ご飯にかけた。いましがた、よそったばかりの二膳《ぜん》目だ。

「ありがとうございます」

自分の手料理がここまで絶賛された経験がないので、みなほはよろこびよりも戸惑いのほうが大きい。元カレの武則などは食事中、自分の話しかしなかったのだ。

「美園さんのもおいしいですよ」

「それはウチやのうて醬油麴のおかげや」

美園は笑う。食事をはじめる前に三本目の発泡酒を呑《の》みだし、すっかりご機嫌なのだ。酔っていないみなほも、楽しくなるほど陽気な酒だった。しかもタメ口プラス、方言も強くなってきた。リラックスしている証拠だろう。

「栄養士の専門学校って、料理のつくり方も習うん？」

「調理実習はありますけどね。野菜や肉の切り方、魚の下ろし方など、基礎となる技術をひととおり習うだけです。在学生全員分の給食を提供する、実務に近い実習も何回か。でもまあ、もともと料理をつくるのは好きですし、社食の献立を決める際、はじめてだすものなんかはとくに、家で試しにつくったりもしますんで」

「この冷や汁も社食にだすん？」

「来月後半にはだそうかと」

ただし社員食堂では大量につくらねばならない。煮干しの頭と内臓を取るのは手間がかかるし、焼き魚をほぐす時間も惜しいので、サバ缶でつくる。もとはきゅうりのつもりだったが、ゴーヤでもじゅうぶんいける。和風顆粒出汁ではなく、昆布と鰹節《かつおぶし》で出汁をとったほうが味に深みがでる。前日に仕込んでおいて一晩、冷蔵庫で冷やしておけばいい。

「青じそとみょうがを入れたら、さらにおいしくならない？」

「たしかに」でもひとによって好き嫌いはある。配膳の際に訊《たず》ねて、入れるのがいいかもしれない。

美園は二膳目も食べおえると、冷蔵庫から四本目の発泡酒を取りだしてきた。いい加減、呑み過ぎだ。すでに発泡酒だけで四六八キロカロリー、夕飯一食分を摂取していることになる。栄養士としては止めるべきだろうが、上機嫌な美園を見ていると、水を差すようで言いだせなかった。

「日元さんの実家って、埼玉のどこなん？」

プシュッと缶の蓋《ふた》を開きながら、美園は訊ねてくる。みなほは実家の地名を答えた。

「埼玉言うてもほとんど東京やないの」

「埼玉は埼玉ですよ」

「私も東京やのうて埼玉に暮らしてたんよ」

「そうだったんですか？」

「十八歳で上京したときは、東中野《ひがしなかの》のアパートに住んで、新宿《しんじゅく》の服飾専門学校で二年間サボらずにちゃんと勉強して、成績はトップクラスを維持してたんよ。自慢やない、事実やで。そいで有名ブランドの婦人服の縫製を請け負う会社に就職できたんや。ところがその会社、本社は東銀座《ひがしぎんざ》なのに工場は埼玉でも群馬寄りの山奥で、私はそこで働かなあかんかってん」

　美園は発泡酒を啜《すす》るように呑んで、大きなゲップをしてから、さらに話をつづけた。

「まだ二十代前半で、遊びたい盛りやったのに、その町で呑みにいくといったら、スナックかバー、あとはフィリピンパブだけで、若い娘がひとりでいけるとこはせいぜいカラオケボックスくらいや。工場の従業員は九割方女でも同世代がひとりもおらん。そんな日々を少しでも潤そうと、出会い系アプリに手をだしたのが運の尽き、多恵子さんが言ってたとおり、妻子持ちの男に引っかかって」

　まるで懺悔《ざんげ》のように美園は話す。みなほは相槌《あいづち》を打つこともなく、黙って耳を傾けるしかなかった。

「結婚する気満々やったんよ。なにせ彼の車で高速乗って都心にでて、結婚式場巡りまでしとったからね。そしたらある日、工場に彼の妻だと名乗る女のひとがきたんや。多恵子さんが言うてたみたいに、怒鳴りこんできたわけやない。あんたはあのひとに騙《だま》されてる、いままでも出会い系アプリで女を漁《あさ》って結婚をエサに交際をつづけ、あなたが十三人目の犠牲者ですって、至って冷静に言うてな。そのひととのあいだに五歳の息子と三歳の娘がいて、家族揃っての写真を何枚も見せられたわ。それだけやない。彼が十歳もサバを読んでてほんとは三十九歳やとか、不動産ブローカーで年商が億を超えてるいうのも真っ赤な嘘で、おなじブローカーでも中古車のブローカーでたいした稼ぎがないとか、髪が薄くカツラだとか、並べ立てて」

美園は力なく笑う。目の端に涙が滲《にじ》みでてもいた。

「彼が胡散臭《うさんくさ》いひとやって気づいててん。そやけど認めとうなかった。騙されたふりして、幸せなふりして、それだけでじゅうぶん満足やった。でも奥さんがやってきて現実を突きつけられたら、身を引くしかないやろ。その場でＬＩＮＥをブロックして、彼とは二度と会わないって約束したんや。そしたらあなたみたいな聞き分けがよくて素直なひとははじめてですって、奥さんに褒められたわ」

そこまで話すと、美園は気まずそうな顔つきになり、みなほに視線をむけた。

「ごめんな、私の話ばっかりしてしもて」

「いえ、全然」

「私が不倫してたことがいつの間にか工場のみんなにバレて、いづらくなって辞めてん。実家に戻ってきて、大阪ででも縫製の仕事を探すつもりだったのが、コロナがはやりだして、県外でたらあかんことになってな。すっかり出端《ではな》を挫《くじ》かれてしもうて、職が見つかるまでの繋《つな》ぎのつもりで、ヒヨコ家具の社員食堂で働きだしたんやけど、気づいたら四年以上経っとったんや」

四本目の発泡酒の残りを呑み干し、美園は腰をあげて冷蔵庫のほうへむかおうとする。

「まだ呑むんですか」みなほはさすがに引き止めた。「もうおやめになったほうがイイと思いますよ。カロリーを摂り過ぎです」

美園は振り返ると、みなほをじっと見つめた。ヤバい。目が据わっていたのだ。キレられたらどうしよう。酔っ払ったときの武則がそうだった。だがそうではなかった。美園はぐいと距離を縮めてきたかと思うと、みなほを抱きしめた。

「ひとに心配されるなんてひさしぶりや。ほんまにおおきにな」

「どど、どういたしまして」

それだけではおわらなかった。美園はおいおいと泣きだしてしまったのだ。やれやれと思いつつ、みなほは彼女の背中を擦《さす》ってあげた。

この雨、いつやむんですかねぇ。

翌朝だ。ヒヨコ家具に出勤するため乗りこむと、グックーがボヤくように言った。

「アプリの予報だと夕方には一旦《いったん》、やむみたいだよ」

昨日みたいに土砂降りの真っ暗闇ん中を走るのは、もう勘弁ですからね。

「私もだよ」

昨日、美園のウチで彼女とだべっていたら、いつの間にか七時過ぎで、しかも雨が降りだしていた。東京ならば電車もまだまだ混雑する時間帯だが、白波町は町中に人影がなく、車の量も少なかった。社宅までの帰路のあいだに雨は次第に強くなり、街灯も僅《わず》かな道をグックーのヘッドライトだけを頼りに走るのは心細いなんてものではなかった。半べそをかきつつ、グックーと励ましあいながら、どうにか社宅に辿《たど》り着けた。

朝食にゴーヤとベーコンのオリーブオイル焼き（二八〇キロカロリー）、冬瓜《とうがん》のみそ汁（四五キロカロリー）をつくり、ご飯の普通盛り一杯（二五〇キロカロリー）で食べてから表にでると、雨足は弱まっていたものの、やむ気配はまったくなかった。景気づけに三世代前のスマホで曲をかける。まずは『今夜は青春』だ。朝なのに？

「いいでしょ」グックーに言う。「気分がアガるのは間違いなしだよ」

一九八〇年代洋楽メドレーを聞きながら、海沿いの国道を走り抜け、左に曲がれば空港へむかう交差点も過ぎて、右に折れて緩やかな坂道に入る。

みなほさん、あれ見えます？　あの白いモヤっとしたヤツ。

グックーが言った。こんな朝早くから幽霊でもあるまい。やがて半透明の合羽《カッパ》を着たひとだとわかった。なぜか自転車を乗らずに押している。パンクでもしたのだろうか。

社員さんですかね。

なくはない。この坂道のいきつく先はヒヨコ家具だけなのだ。納期が迫ってくると、工場が早朝から稼動していることはよくあった。

「菊之助かもよ」

雨なのでいつもより早めに出勤してきたのかもしれない。自転車の横を通り過ぎていくとき、ちらりと横目で見る。むこうもみなほを見た。

郷力だった。

「どうしたんです？」

グックーに停まってもらい、洋楽メドレーを切ってから、みなほは窓を開けて訊ねた。

「長いあいだ乗っとらんかったせいか、国道にでてしばらくしたらチェーンが外れてしもたんや」

不服そうに答える声は擦《かす》れていた。よほど疲れているのだろう。それはそうだ。郷力の自宅はみなほの社宅よりもヒヨコ家具寄りではある。しかし国道にでてチェーンが外れたとなれば、なかなかの距離を歩いてきたはずだ。いくら元気だとは言え、還暦過ぎの女性にとっては過酷にちがいない。なのに立ち止まらず、さらに進んでいってしまう。

では頑張ってくださいねって、先にいくわけにもいきませんよね。

グックーに言われ、みなほは彼から下りて郷力に駆け寄っていく。

「私の車に乗ってください」

「なんであんたの車に乗らなあかんの」

メンドクセーばあさんだなぁ。

「このままだと会社に着いた頃にはヘバって、今日一日、満足に仕事ができないでしょう？」

「できる。気にせんで先にいっとくれ」

「それに雨に濡《ぬ》れて風邪を引きかねません。自転車は車の荷台に載せられます」

グックーの荷台は縦横だいたい百二十センチで、荷物が落ちないようにするためのゴムバンドもあった。

「しつこいな。男にもそうなのけ」

んぐぐ。

「乗るんですか、乗らないんですか」

みなほは辛抱強く訊《たず》ねる。雨粒はさらに小さくなり、いまや霧雨程度ではあっても、身体はだいぶ濡れてきた。下手したら自分も風邪を引いてしまう。

「そこまで言うなら乗っちゃろうかね」

「ありがとうございます」

なんで私が礼を言わねばならないのさ。

自転車を荷台に載せ、ゴムバンドで括《くく》り付け、みなほはグックーに乗りこんだ。その作業を手伝いもせず、郷力はすました顔で助手席に座っていた。

「狭い車やな。ふたりでキュウキュウやないか」

俺だってあんたを乗せたくて乗せてんじゃありませんよ。文句言うなら下りてください。

グックーと同意見だが、みなほはエンジンをかけた。

「どうして自転車でいらしたんですか」

「美園がくるはずないさけ、瀬名に車をだしてもらおうとしたら、旦那《だんな》がゴルフいくのに使うんでだせんて。須山んとこは娘夫婦が旅行で乗ってったんでない言うんよ。しゃあないさけ、ふたりはバイクで、ウチだけ自転車」

「きますよ、美園さん」

「ふぇ？」郷力が妙な声をだす。

「心配だったんで、昨日の帰り、美園さんの自宅に寄って確認しました」

「なんや、図々《ずうずう》しい」郷力は吐き捨てるように言う。

「大人気ないことをしてしまったって、反省してましたよ、美園さん」

「私はほんとのことを言うただけやけど、言い過ぎたかもしれん。ここはお互い様ってことで、水に流しちゃってもええわ」

どこまでもえらそうだな。だが丸く収まるのであればよしとしよう。

そんなイケズでネジ曲がった性格やさけ、娘も逃げて東京から戻ってこやんのや。

昨日の昼、郷力に美園がそう言っていたのを思いだす。しかし美園には郷力の娘について、結局、訊ねなかった。

「昨日の冬瓜、うまかったわ」郷力が不意に言った。

「どう調理なさったんですか」

「たいそうなことはしとらん。醤油麹《しょうゆこうじ》で炒《いた》めただけや」

でた、醤油麹。

「それって製造部の忠信さんから教わった手づくりの？」

「そうや。美白効果がある言うて、佐藤が持ってきてん。いまさら肌が白かろうが黒かろうが関係ないんやけど、食べてみたらウマかったさけ、つくってみてん。どばどば醤油つかわんと料理つくれるし、えらい重宝しとるわ」

「あっ」

「なに？　どうしたん？　忘れ物？」

「い、いえ。なんでもありません」

昨夜、美園の自宅で、醤油麹にはグルタミン酸の他になにか身体にいいことがあったはずだと気づいたのだが、その答えを思いだしたのだ。

醤油麹の塩分は醤油の四十パーセント程度だったはずだ。これを使えば減塩になり、血圧を下げることができる。来月のテーマにぴったりではないか。

「なにニヤニヤしてるんや。気味悪いわ」

「すみません」

みなほは詫《わ》びた。それでも頬が緩んでしまう。

やがて道の先にヒヨコ家具が見えてきた。

Ⅲ　血圧に注意しよう！

滑走路を直進していた旅客機が、ふわっと舞いあがって真夏の青空へと飛び立つと、瞬く間に小さくなり見えなくなった。

「バイバァァァイ」

パパに肩車をされた男の子が大きく両手を振る。展望デッキで、みなほよりもあとに訪れた父子《おやこ》ふたりの会話を聞くとはなしに聞いていたが、だれかを見送りにきたのではなく、息子にねだられて旅客機の離着陸を見にきたらしい。

「パパ、ヒコーキ、いつもどってくる？」

「何時だろうなぁ」

「十二時五十五分着ですよ」

気づいたら口にだして言っていた。父子ともども驚いた表情で、みなほを見ている。

「ありがとうございます」とパパ。

「おねえさん、ヒコーキすきなの？」

パパの頭の上から子どもが訊ねてきた。大人になってからされたことがない質問にみなほは戸惑いつつも、「好きよ」と答えた。

「ぼくもすきっ。でもまだノッたことないんだ。おねえさんはノッたことある？」

「あるよ」

ほんとはね。いまの旅客機に乗るつもりだったのよ。

などと余計なことは言わないでおいた。


七月末日、先週の水曜のことだ。赤星がつくったまかないを食べおえたあと、事務室にこもって、デスクワークをこなしているところに、陽々子社長がひょっこりあらわれた。みなほは別段、驚かなかった。二ヶ月ほど前から週に一、二度は訪れ、女子更衣室にある革製のベンチに横たわり昼寝をしていくようになったのだ。

その日は昼寝の前に、みなほに郵送物を差しだしてきた。封筒はウマカフーズのもので、裏を返しても差出人の名前はない。宛先《あてさき》はたしかに〈ヒヨコ家具社員食堂　日元みなほ様〉だった。なんだろうと首を傾げつつ開けてみると、でてきたのは『東京ごよみ』という雑誌の九月号だった。表紙は人気の俳優で、レトロな雰囲気のバーのカウンターで、カクテル片手にこちらを見て微笑んでいた。白波町に本屋はあまりない。あったところで東京のオシャレスポットを紹介する雑誌など置かないだろう。いまのみなほにとっても意味がない代物である。しかしちょうど真ん中あたりにピンクの付箋《ふせん》が付いているのに気づき、開いてみた。

「おぉぉお」

「どうかした？」

女子更衣室から陽々子社長が訊ねてきた。

「なんでもありません」

麻布十番の社員食堂が〈東京新穴場スポット〉と称されて載っていたのである。店内の模様および料理数品の写真が並んでおり、感慨もひとしおで、懐かしさも相俟《あいま》って、目尻《めじり》に涙が滲《にじ》みでてきた。

どうして社員食堂が東京の穴場なのかと言えば、二年近く前、社員だけでなく一般の方々も利用できるようにしたからである。

みなほが異動したばかりのとき、麻布十番のカード会社の社員食堂の利用率は二割以下だった。コロナ禍には一時休業、再開してもさらに減りつづけ、カード会社からは、閉鎖を視野に入れて考えざるを得ないと言われるところまで追い詰められていた。

しかし五年先輩の栄養士と四十代なかばのベテラン料理長、どちらもあきらめムードで、この状況を打破しようという気概はほぼなかった。みなほにしてもおなじで、ならばいまのうちに麻布十番のスイーツを食べ尽くしておかねばとしか思っていなかった。

事態が急変したのは、ある日のカード会社の総務部との定例会だった。社員食堂は人通りがある道に面した一階で、ガラス張りということもあり、会社の玄関口に注意書きのスタンドを立てても、通りすがりのひとが入ってこようとした。社員食堂が見えないよう、ロールスクリーンを設置するという案がでても、いつ閉鎖してもおかしくない食堂に金をかけるのを総務部が渋った。その日の定例会でも議題に挙がったが、とくに結論はでなかった。するとみなほはふと思いつき、冗談半分にこう言った。

いっそのこと、社員さんじゃなくても、入れるようにしちゃったらどうですか。そうすれば売上げも伸びますし。

この意見がカード会社の上層部に伝わり、数日後にはその方向で進めてほしいという話になった。かくして言い出しっぺのみなほを中心に、社員食堂の一般開放化プロジェクトがはじまったのである。やるならば積極的にアピールすべきだと考え、窓際を改装してテラス席まで設けることにした。この設備費を捻《ひね》りだし、内装会社に依頼するのもみなほの役目だった。突然の大役に寝る間も惜しんで働き、先輩栄養士とベテラン料理長の協力を得て、どうにか任務を遂行できた。二年前のゴールデンウィーク直後にリニューアルオープン、たったひと月でこれまでの半年分の利益をあげ、その後も順調に売上げを伸ばしていった。だからこそ昨年末、統括マネージャーに駒場の本社に呼びだされたとき、昇進の話だと思ったのである。

『東京ごよみ』の記事は麻布十番の社員食堂のことを、とても好意的に紹介しており、みなほは素直にうれしかった。読み進めていくと、知った名前がでてきた。東京で働いていたときの直属の上司、濱松《はままつ》だ。

どういうこと？

取材に対して、社員食堂を一般開放したのは私のアイデアですと濱松は言い切り、おかげで昇進できましたと自慢げに話していたのである。一般開放しようって言ったのは私だ、あんたはウマくいくはずがないって、ずっと反対しつづけてたじゃんかよっと危うく声にだして言いそうになったが、陽々子社長を起こしてしまいかねないので、ぐっと堪《こら》えた。

それにしてもだれがこの雑誌を送ってきたんだろ。

封筒の中身を覗《のぞ》くと、名刺が一枚入っているのに気づいた。濱松のだった。よくよく見て気づいたことがあった。彼の肩書は昨年末までB&I部門栄養職管理部東京第一エリア副リーダーだった。しかし手元の名刺には〈副〉が抜けていたのである。

その夜だ。濱松に対しての怒りはおさまらず、発泡酒片手に、三世代前のスマホで一九八〇年代洋楽メドレーを大音量でかけながら踊っていた。一九八四年の映画『ボディ・ダブル』の劇中歌、フランキー・ゴーズ・トゥ・ハリウッドの『リラックス』にあわせ、腰を振っていたところ、いまのスマホにLINEのビデオ通話がかかってきた。相手は麻布十番のときの先輩栄養士だった。

みなほちゃん、『東京ごよみ』の今月号、読んだ?

開口一番、彼女はこう言った。読みましたとみなほは答え、今朝、自分の元に送られてきたことも告げた。

あたしんとこにもだよ。

ベテラン料理長にも届いているのを、先輩栄養士は確認していた。

濱松の名刺、入ってた？　副リーダーの副がないヤツ。

入ってました。あのひとが送ってきたんですかね。

そうなんだよ。でもいったいどういうつもりなんだ。きみ達のおかげで出世できましたとでも言いたいのかな。だとしたら、だいぶヤバいぞ、アイツ。

そう言って先輩栄養士は度数が高い缶チューハイをぐびぐび呑《の》んだ。聞けば彼女も三月に、おなじ東京でも西の果てにある文具メーカーの工場の社員食堂へ、ベテラン料理長も房総《ぼうそう》半島の南端にあるカントリークラブのレストランへ、それぞれ異動になっていた。

まさか、濱松のせい？

そうだよ、決まってんじゃん。社員食堂の一般開放に関わった私達を、みんな遠くへ追いやって、手柄を自分のモノにしたってわけさ。

濱松にそんな権限があるんですか。

すると先輩栄養士は、とある有名大学の名を挙げた。ウマカフーズではその大学のラグビー部だった社員が三十人以上もいて、毎月ＯＢ会を開いているという。噂ではどんなに仕事が忙しくても、そのＯＢ会がある日には残業が免除になるらしい。だが本社勤務ではないみなほにはまるで無縁だし、なぜ先輩栄養士がその話をしだしたのかも要領を得なかった。

みなほちゃん、B&I部門栄養職管理部の統括マネージャーがそのラグビー部のOBで、濱松もそうだったって知らなかった？

そこまで聞けば、さすがのみなほもわかった。

濱松が統括マネージャーに頼んで、私達を飛ばしたんですか。

頼んだんじゃない。騙したのよ。私の同期に本社勤務が何人かいて、いろいろ探ってもらったんだけどさ。濱松って月イチのOB会の幹事を買ってでて、その会場として、麻布十番の社員食堂を使って、ここは私が一般開放をしたんですとアピールをかかさないらしいんだ。統括マネージャーなんて、その話を鵜呑《うの》みにしちゃってさ。私の同期のひとりが、ほんとはみなほちゃんの発案で、濱松は一切タッチしてなかったって話をしてくれたの。でも統括マネージャーはまるでとりあわないどころか、専門卒の女の子にそんな真似ができっこないと笑いながら言ったんだって。

ひどい。あんまりだ。

まったくだよ。で、こっからは私の推理。濱松はこの実績を横取りするため、なによりもまずみなほちゃんがジャマだった。するとちょうど大阪支社で古参のパートに手こずっている社員食堂があるという情報が流れてきた。そこで濱松は統括マネージャーを騙《だま》したうえに、うまいこと丸めこみ、適当な口実をつけて、みなほちゃんを箱根よりもはるか先の町へ飛ばしたんだ。なんならみなほちゃんが、問題のパートにいびられ、他の栄養士とおなじように逃げだした挙句、会社を辞めてしまえばいいと考えているのかもよ。

先輩栄養士は『科捜研の女』と『相棒』の大ファンで、いっしょに働いているときは、世間を騒がす大事件から麻布十番のカード会社の恋愛事情まで、あらゆる推理をみなほは聞かされた。そのいずれも根拠が少なく、的外れなものばかりだった。今回のも推理というよりただの憶測に過ぎない。だがこれまでの経緯と自分の身に起きたことを考えると、さほど間違っていない気がした。そもそも濱松に嫌われていたのはたしかなのだ。

みなほはウマカフーズに入社したての頃の出来事を思いだす。社員食堂へ派遣される前に、三ヶ月間、駒場の本社で社内研修がおこなわれ、みなほはそのあいだ、直属の上司である濱松に、ずっとつきっきりだった。

ある日のこと、上層部への報告会議で担当区域の社員食堂の収支を濱松が説明するのに、そのレジュメをつくるよう、みなほは命じられた。データを見やすいようにグラフや表にし、説明すべきポイントは簡潔でわかりやすい文章にまとめ、濱松に確認してもらってから出席者分をプリントアウトし、会議の直前に配布した。

濱松の説明はスムーズに進んだ。みなほがつくったレジュメを読みあげるだけで、問題など起きるはずがない。ところが濱松は耳慣れぬ言葉を発した。キミミと言ったのだ。レジュメには木耳と書いてあった。

キクラゲです。

みなほはすかさず訂正した。しかし自分が思った以上に大きな声がでてしまった。会議室の隅々にまで聞こえ、そこかしこで失笑が起こり、濱松は口を閉ざして、耳まで真っ赤に染めていた。会議がおわったあと、彼はひどく不機嫌なばかりか、みなほにむかって、吐き捨てるようにこう言った。

きみはひとの揚げ足を取るのが面白いのかね。嫌な性格だな。

よかれと思ってしたことを、そんなふうに捻《ねじ》れた捉《とら》え方をされるのは心外だった。だいたいフードサービスの会社で、社員食堂を取り仕切る地位にいながら、木耳が読めないあんたこそどうかしていると思ったものの、もちろん口にはださなかった。

まさかとは思うが、濱松はまだ、あの一件を根に持っているのではないか。

空港には駐車場がふたつある。旅客ターミナルに隣接するほうは有料だったので、やや離れたもうひとつのほうにグックーを停めてあった。

あれ、どうなさったんです？

運転席に座ると、グックーが話しかけてきた。

東京にいって、駒場の本社に乗りこんで、濱松とかいうクソ野郎を見つけ次第、『東京ごよみ』を叩《たた》きつけて、みんなが見ている前で抗議してやるんだって、息巻いてたじゃないですか。そのために週明けの今日、わざわざ有休までとったんでしょう？

「やめた」

今日夜遅くまで、ここに置いてかれるのを覚悟してたんで、俺としちゃあラッキーですが、でもなんでです？

「チケットを買おうとした段階で、一気に気持ちが冷めちゃったんだ。そんなことをしようものなら、傍《はた》からは濱松が被害者で私が加害者にしか見えない、止められるのは私で、正気を疑われてダメージのほうが大きそうだもの」

それじゃ気持ち切り替えて、どっか遊びにいきますか。

「そうだね。今日は一日、仕事のことを忘れたいよ」

テーマパークにパンダでも見にいきます？

「パンダって黒と白の配色が単純過ぎてつまんなくない？　おなじ白黒ならシマウマの模様のほうがずっとイカしているよ」

中学んとき、友達の前でその話を力説して、みんなに引かれたの忘れたんですか。あ、でもテーマパークにはシマウマもいるかもしれないな。

「どっちにせよ、平日に女ひとりでいくところじゃないよ。それより前からいきたかったとこがあるんだ。そこ、いこ」


パーパッカパパーパーパッカパーと景気のいい曲で、スマホの小さな画面にあらわれたのは、うぐいす色の法被を紐《ひも》で襷掛《たすきが》けにして、頭に手拭《てぬぐ》いを巻いた六十過ぎのオジサンだった。

「発酵だョ！全員集合っ」こちらに指をさし、そう言ってからぺこりと頭を下げる。

「全国一千万人の発酵食品ファンの皆様、こんばんは。あるいはおはようございます、こんにちはの方もいらっしゃるでしょう。〈発酵だョ！全員集合〉の時間がやってまいりました。回を重ねること十七回目、進行役はいつものようにわたくし麹爺《こうじじい》が務めさせていただきます」

その実体は製造部第三課の平利忠信である。今年の四月からはじまったこの動画は毎週土曜八時に更新されており、登録者数は一万人に迫る勢いで、これまでの動画の再生回数は最低でも千二百回、最高だと二万回を超えていた。

ひと月以上前、美園に教えてもらってから見はじめたのだが、麹爺こと忠信の物腰が柔らかい、訛《なま》りがでるものの耳触りのいい声で、話す内容がすっと入ってくるし、勉強にもなるので、チャンネル登録をして毎週かかさず見ていた。

グックーと訪れた先は、食事処と温泉が併設された道の駅だ。社宅からグックーで五分かからない距離で、幾度か前を通りかかって気になっていた。温泉は源泉かけ流しが売りで、お一人様用と家族用の風呂《ふろ》がひとつずつあった。しかし風呂にひとりで入る勇気はなく、足湯に浸《つ》かることにした。

白波町は海からの風が入りやすい場所にあるおかげで、暑さはだいぶ抑えられ、猛暑日になることはほぼない。朝方は涼しいくらいで、いまも三十度になっていないはずだ。足湯は温《ぬる》めで気持ちがいい。でも手持ち無沙汰《ぶさた》だなと思い、スマホを取りだし、コードレスイヤホンで、二日前の〈発酵だョ！全員集合〉を見返している。

朝十時オープンで三十分も経っていないのに、足湯のスペースでは七、八人が寛《くつろ》いでいた。地元の高齢者ばかりなのだが、みなほのつぎに若いであろう、三十代後半と思《おぼ》しき女性が斜向《はす》いにいた。

小さめのショルダーバッグを右肩から斜めにかけ、トップスは肩にレースがあるクリーム色の半袖《はんそで》シャツ、ラベンダーカラーのガウチョパンツを膝《ひざ》まであげて、細くてすらっとした脚をお湯に浸けている。そのいでたちからして地元民のはずがない。観光客だろう。

「まずはこちらをご覧ください。見た目はあんことほぼ変わりませんが、ただのあんこではありません。茹《ゆ》でた小豆《あずき》と米麹を混ぜてつくった発酵あんこです」

スマホの画面の中で、忠信は皿に盛った発酵あんこを箸《はし》でとり、口に運び入れる。

「うん。いやあ、手前味噌《みそ》ならぬ手前あんこですが、じつにおいしい。麹の香りがあまり強くなくて、ふつうのあんこと比べても、なんの遜色《そんしょく》もない甘さです。砂糖を使わなくても、麹の酵素による糖化作用で、小豆のでんぷんが糖に変わるので、甘みがでてくるんですね。お米と混ぜればおなじ作用で甘酒をつくることができます」

白髪よりも銀髪と呼んだほうがピッタリなキレイに整った髪で、日本人にしては顔の彫がやや深い。小さな画面だとわからないが意外と背が高く、百七十五センチ近くありそうだった。お腹はでておらず脚が長くて、スタイルがいい。職人としての腕は優れており、椅子をつくらせたらヒヨコ家具どころか県内でも右にでる者はいないほどだ。内閣総理大臣賞とか農林水産大臣賞とか文部科学大臣賞とかの数々の賞を受けているだけでなく、顧客の中には忠信に椅子をつくってほしいと名指しで注文してくるひとも多いらしい。

醬油麹を使いたいと赤星に話を持ちかけると、ぜひそうしましょうと同意してくれた。なんと彼も〈発酵だョ！全員集合〉をチャンネル登録しており、毎週かかさず見ていた。醬油麹の作り方は公開済だったが、訊《たず》ねたいことがいくつかあるので、忠信を社員食堂の厨房《ちゅうぼう》に招き、いっしょに醬油麹をつくってもらった。さらに〈本日の主菜Aは忠信さん直伝・醬油麹を使用！〉と食堂前のボードに書くと、売上げは確実に伸びた。

その後、忠信は閉店後の社員食堂にあらわれ、野菜のぬか漬けや魚の粕《かす》漬けだけでなく、柚胡椒《ゆずこしょう》やたまねぎを麹と塩で発酵させたたまねぎ醬《ひしお》のドレッシングなどを振る舞ってくれることが何度かあった。

「日元さんっ」

どでかい声で名前を呼ばれ、みなほは動画をオフにして顔をあげた。

「やっぱり日元さんおってん」近《ち》寄ってきたのはスープが冷める距離のお隣さん、新沼さんだった。「駐車場に緑色の小さいヤツがあったさけ、日元さんがきとるんやと思たんよ」

機嫌よさげにカカカと笑いながら、ズボンの裾《すそ》をまくりあげ、みなほの前に腰をおろして湯に足を入れた。

「そやけど今日はどうしたん？　平日やろ。ヒヨコ家具はいかんでええのか」

「有休を取ったんです」

「なんやって？」

「ユーキューを取ったんです」

新沼さんは耳が遠い。彼に負けじと大声で言う。

「それやったらわいもときどき見る。こないだも空港の近くで、夕陽ん中にピカピカと光るもんがジグザクに飛んどった」

なんの話をしているんだ。

すると斜向いの女性が笑いだした。

「嫌やわ、新沼のおいやん。こんひと言うたのはユーフォーやない、ユーキューや」

このひと、新沼さんを知っているのか。しかもここらへんの方言でしゃべっているって、どういうこと？

「なんや」新沼さんの声はことさら大きくなっていた。「だれかと思ったら、フミちゃんやないか。えらいオトナになったな。最後に会《お》うたのはいつや？　東京の大学いったときけ？」

「大学通ってるあいだも、盆と正月には帰省して、新沼のおいやんとこ、手伝《てった》いにいってたでしょう。だけど社会人になってからはあんまり戻っとらんかった」

「親父さんの葬式は？」

「そいは私が大学二年の秋」

「フミちゃん、いくつになった？」

「今年で三十九」

「結婚はしとったよな」

「十年前に」

「子どもは？」

「おらん」

新沼さんのセクハラな質問に、フミちゃんと呼ばれた女性はハキハキ答えていく。しかも新沼さんにあわせて大きな声をだしていた。みなほは改めて彼女の顔を見る。尖《とが》った顎《あご》や少し張り気味の頬骨は大きな欠陥にはなっておらず、大旨整ったパーツを、肌馴《な》染《じ》みのいい化粧品を存分に使いこなし、よりいっそう引き立てている。見事なナチュラルメイクだ。長年で培った技なのかもしれない。

「ひさしぶりの里帰りいうわけか」

「里帰りやない。仕事できとるんよ」

「でも家にはいくんやろ」

「さっき朝イチの飛行機で着いて、明日には帰るんよ。そんな時間はないわ。あったとしてもお母《か》んとは会わんよ」女性は足湯からあがり、バッグからだしたタオルで足を拭う。「新沼のおいやん。私とここで会ったこと、お母んにはナイショやで。ええな」

「あっ」新沼さんは目をまん丸に見開く。「まさかタエちゃんとまだ喧嘩《けんか》しとるんか」

「まだまだ長期戦や。それじゃあ元気でな。お先に失礼するわ」

女性はみなほにも軽く会釈をして去っていく。その後ろ姿を見送ってから、「新沼さん」とみなほは呼びかけた。

「ああん？」

「いまのひと、どなたです？」

「なんや、知らんかったのか」新沼さんはきょとんとした顔になる。「タエちゃんの娘のフミちゃんやないか」

「タエちゃんって、郷力さんのことですか」

「そうや」

「まだ喧嘩してるってどういうことです？」

「なんでやっけな」新沼さんは首を傾げる。「忘れてもうたわ」トボけているのではない。本気で忘れているようだった。

「それより日元さん。ユーホー見たんです言うたけど、それでどうして会社を休んだん？」

なにをどう聞き間違えるとそうなる？

新沼さんの誤解を解くのに五分はかかった。そのあと足湯をでて、グックーと道の駅をあとにしたものの、とくに行く当てはなかった。どこへいくか、グックーと相談して、でた結論がスタバだった．真琴さんがこの車を運転したとき、ここでは朝マックは食べられないし、季節限定のフラペチーノも飲めないという話をしたのを思いだしたのだ。マクドナルドであれば、白波町の隣の市の中心街にある。ちなみにミスドとサーティワンもだ。ただしスタバは県庁所在地の手前の市までいかねばならなかった。

さらにグックーと話しあい、県庁所在地まで足を延ばすことにした。麻布十番の飲食店やスイーツのお店にいくつかLINEのお友達登録しており、いまでも新作や割引のお知らせが届く。その中で和菓子の店が、県庁所在地にあるデパ地下で、先週の水曜から明日までの一週間、期間限定店をだしているのに気づいたのだ。これはいかざるを得ない。

昼過ぎには到着し、グックーを駅近くのコインパーキングに停め、まずは腹ごしらえになにか食べようと思い、軒下のダクトからでていたトンコツの香りに誘われるがまま、ラーメン屋に入った。昼時だからかそこそこの混み具合で、背広姿のオジサンふたりと四人掛けのテーブルで、相席になった。みなほから見て、右はいつも笑っているように見えるクオッカ、左は風呂《ふろ》に浸《つ》かっているときのカピバラによく似ていた。

なんだろ、これ。

テーブルの真ん中には籠《かご》に入った卵があった。これはまだしもわからないのは、その隣にある〈紀州名産　早ずし〉なる代物だった。手のひらから少しはみでるくらいのサイズで、紙に包まれているが、名前からしてお寿司《すし》の類《たぐ》いらしい。それをクオッカが手に取る。

「なんや、おまえ。早ずし、先に食う派か」

カピバラがツッコミを入れるように言う。

「いつ食おうともええやろ。腹減って我慢できんのや」

そう言いつつクオッカが開くと、中にあったのは押し鮨《ずし》だった。上に載っかっているのはしめサバらしい。

「こってりとしたスープを啜《すす》ったあとに食うのが格別なのに」とカピバラ。

「わかっとるわ。あとでもう一本食う」

そこへラーメンが運ばれてきた。

「勝手に食べてええんやで、お嬢さん」

カピバラも早ずしを取ってから、みなほにそう言った。

「え、あの、代金は？」

「一本百五十円。払うときに何個食ったか言うだけや」

そう答えるクオッカは早ずしを食べおえ、ラーメンに取りかかろうとしている。

「この店だけやない。県内のラーメン屋ならば、だいたい置いてある」とカピバラが教えてくれた。

「どうしてです？」

みなほの問いかけにオジサンふたりは揃って首を傾げる。

「ガキの頃からそうやから、疑問に思ったことないな」とクオッカ。

「直接関係あるかわからんが、もともとこのへんにはナレズシ言うのがあって」これはカピバラだ。

「ナレズシのナレは熟女の熟な」

「熟の字の例を挙げるんやったら、熟成とか熟語とかいくらでもあるやろ」

塩漬けにした魚とご飯を葉っぱで包み、桶《おけ》に入れて重石《おもし》を載せ、五日から一週間そのままにしておくことでできあがるのが、熟《な》れ鮨なのだとカピバラとクオッカが交互に説明してくれた。

「そんなことしたら腐っちゃいません？」

「わざと腐らすんよ」カピバラはそう言って麺《めん》を啜った。「魚を保存するために米を発酵させて保存剤にする昔のひとの知恵や。なにせ八百年以上も前からあって、いまでも引き継がれておるんよ。魚はサバかサンマや」

「ウチのはサバやった」とクオッカが言った。「ガキん頃に、ばあちゃんがつくってくれたんやけど、匂いがキツくて、よう食べられんかったわ」

「家庭でつくるものなんですか」

「昔の話や」カピバラが感慨深げに言う。「いまもつくっている家もあるやろうけど、ごく僅《わず》かやないかな。その代わりに早くできてお手軽な早ずしが普及したんやと思う」

「熟れ鮨はいまでもどこかで食べられますか」

「食べるつもりけ？」クオッカは信じ難いと言わんばかりの顔つきになる。「いま俺、言うたろ。匂いがキツくて食べられんかったって」

「店で頼んでもだしてくれんかもしれんで。若い子がひとりで食べ切れるもんやないて、止められるのがオチや」カピバラが諭すように言う。「悪いことは言わん。やめといたほうがええ」

「どんな匂いなんでしょう？」それでもなおかつ、みなほは訊《たず》ねた。

「鼻の奥の奥までツゥゥンとくる刺激臭や」クオッカは眉間《みけん》に皺《しわ》を寄せながら答えた。思いだすだけでも嫌らしい。「お嬢さんがいま思うとる十倍は強烈やで」


それでもみなほさんは熟れ鮨を手に入れようとしたわけですか。

海沿いの国道を走りながら、グックーが話しかけてきた。ラーメン屋をでてから、スタバで夏季限定のフラペチーノを堪能《たんのう》し、デパ地下に出店している麻布十番の和菓子店の新作折詰を購入したあとだ。

「スマホで検索して、熟れ鮨を扱っている店を見つけてさ、テイクアウトで買っていこうとしたの」

だけどいま、ここには熟れ鮨はありませんよね。なんでです？　やっぱ腰が引けたんですか。

「ちがうって。夏場は気温が高くて品質管理が難しいから、そもそもつくってもいなかったんだ」

あらま、残念。熟れ鮨って、発酵食品ってことなんでしょ。忠信さんの動画サイトで扱っていないの？

「ないんだよねぇ。明日にでも忠信さんに聞いてみるつもり。作り方がわかれば、社員食堂でだしてもいいかなと思ってるんだ。地産地消で地元の野菜を食材にするのもいいけど、郷土料理をだすのもアリじゃない？」

今日は一日、仕事のことを忘れんじゃなかったんですか。

「しようがないじゃん。ラーメン屋に早ずしが置いてあるのが悪い」

このまま社宅に帰るでいいんですね。

「直売所にでも寄ってこうか」

午後六時半に羽田へいく便がありますよ。今夜は実家に泊まって、明日の朝、駒場の本社に乗りこんで、濱松のヤツをとっちめるっていうのはどうです？

「どうもこうもないよ。朝、言ったでしょ。そんな真似しても私が不利になるだけだって。それに明日は有休とっていないしさ」

グックーは黙ってしまう。みなほは三世代前のスマホで曲をかける。流れてきたのはフランキー・ゴーズ・トゥ・ハリウッドの『リラックス』だ。

「リラックスッ、私には男運がないんだよ。リラックスッ、元カレも元上司もとんだゲス野郎だった、リラックスッ、私の大切な時間を大切なモノを奪い取って、リラックスッ、アイツらは平気な顔をしていやがるんだっ」

『フットルース』がフットルース、『今夜は青春』がトゥナイト、そしてこの曲もいっしょに唄《うた》えるのはリラックスだけだった。その合間に思いの丈をぶちまけていると、世界が歪《ゆが》んで見えてきた。溢《あふ》れでる涙のせいだ。

みなほさん、俺、一旦《いったん》停まりますよ。

「うん、そうして」

グックーが道の端に寄って停まると、みなほは三世代前のスマホの画面をタップして音楽を切った。

なんで私は泣いているのだろう。悲しい？　ちがう。悔しい？　多少はある。だがなによりも孤独だからだ。

この町には愚痴をこぼしたり、悩みを打ち明けたり、本音をぶちまけたりできる相手がいない。みなほは悪くないよ、頑張っている、えらいえらいと励ましてくれる友達はみんな東京あるいは埼玉だ。

涙が頬を伝い、こぼれ落ちていく。みなほは両手で顔を覆った。

いまは泣こう。気が済むまで泣きつづけよう。ときにはこうして自分を甘やかさないと、この先やっていけない。

トントントントンッ、ザクッザクッザクッ、シャッシャッシャッシャッ。スゥッスゥッスゥッ。タンタンタンタンタンッ。

さまざまな包丁の音が充満している。スタッフ総出で食材を切っているのだ。肉は赤星、魚は郷力、野菜はみなほに菊之助、パートの須山に瀬名の四人だ。

似てるって言えば似てるかな。

道の駅で会った娘の芙美子《ふみこ》さん(漢字も新沼さんに教わった)を思いだしつつ、郷力の顔と幾度となく比べていた。目元から鼻筋が似ている気がする。頬骨が少しでているところもだった。だがいまははっきりたしかめることはできなかった。郷力だけでなく、ここにいるみんなは帽子を被《かぶ》り、マスクをしているからだ。

芙美子さんと会ったことはもちろん郷力に話していない。彼女が新沼さんに口止めしたのは、自分に対してもだと思ったからだ。

まさかタエちゃんとまだ喧嘩《けんか》しとるんか。

まだまだ長期戦や。

新沼さんに訊《き》かれ、芙美子さんはそう答えていたのを思いだす。

小雨が降る中、チェーンが外れた自転車を押して、通勤路の坂をのぼる郷力を、グックーに乗せてあげたのはひと月以上前だ。ヒヨコ家具にむかうまで、窮屈だ、狭苦しい、きつくてたまらんと文句の言いっ放しだった。辿《たど》り着いても、ありがとうの一言もないどころか、こんくらいの距離、車に乗せてもらわんでもこられたわと憎まれ口を叩《たた》くだけだった。グックーが止めなければ、その場で郷力の首を絞めていただろう。そこまでせずとも二の腕をつねるぐらいはしても罰は当たらないように思えた。

あんなひとと暮らしていたら、家をでていきたくもなるか。

ちなみに郷力はその後、電動自転車を購入し、それで通勤している。他のパート達も各々の車やバイクで通うようになった。だからといって郷力と美園の関係が改善されたわけでもなかった。

肉と魚はそれぞれ別個の台だが、野菜は四人が大きめの台を囲んで作業をしている。真ん中に品目ごとの野菜が入ったカゴを置き、まずは各々が担当の食材を切る。それが済んだら、べつの品目のも切っていく。

みなほが担当の小鉢二種は、卯《う》の花の煮物とセロリとしめじのきんぴらだ。卯の花の煮物には長ねぎやにんじん、ごぼう、さやいんげんなど、この一週間分の余り野菜を入れる。いまの時代、ＳＤＧｓ達成のため食品ロスを減らさねばならない。ウマカフーズでも奨励しており、社内で食品ロスレシピコンテストがおこなわれるほどだ。

セロリとしめじも昨日の主菜の残りである。どんなものでも細切りにしてごま油で甘辛く炒《いた》めればきんぴらになるので、小鉢にちょうどいい。

調理器具は食品べつに色分けがしてある。肉は赤、魚は青、野菜は緑で、包丁ならば柄の部分、俎板《まないた》やザルはぜんたいが、バットやボウルは縁の内側に引かれたラインがそれぞれの色だ。

みなほは緑の柄の包丁を右手に持ち、緑色の俎板で、野菜をみじん切りにしていく。隣では菊之助がピーマンと赤パプリカの種とへたを取り、細切りにしている。これは今日の主菜B、醤油麹《しょうゆこうじ》の青椒肉絲《チンジャオロース》の食材だ。彼の担当である汁物は、きのこのたっぷり中華スープとトマトとしょうがのみそ汁の二品だが、どちらの食材も、切りおえていたのだ。

台を挟んでむかいにいるのはパートの須山と瀬名だ。ふたりとも郷力より十五年以上後輩だが、おなじ高校のバレーボール部の同輩だ。百七十センチ以上で細身の須山はアタッカー、百五十センチ足らずで福々しい身体の瀬名はセッターで名コンビとして県内では知られた存在だったらしい。いまでもふたりは時折、冗談交じりで郷力をコーチと呼ぶことがある。

須山は副菜の担当で、今日は海老《えび》しんじょうのみぞれ煮ととりささみのポン酢照り焼きの二品をつくる。だが彼女が切っているのは、麺《めん》Aの肉汁つけうどんに使う長ねぎだった。切り方は二通り、汁に入れるための短冊切りと薬味用の小口切りだ。

今日は美園が休みで、麺担当は瀬名だ。彼女はBの鶏胸肉《とりむねにく》のフォーに入る赤たまねぎを切っていた。

真琴さんに紹介してもらった農家から入荷したもので、八月の月間テーマである〈血圧に注意しよう!〉にぴったりな食材だった。赤い部分には眼精疲労や視覚機能を回復させる働きのみならず、高血圧の予防に役立つといわれる抗酸化作用を含んだ成分もあるからだ。この先もマリネやサラダだけでなく、炒め物にも入れようと考えている。

卯の花の煮物に入る野菜を切りおえ、みなほがセロリに取りかかろうとしたときだ。瀬名が俎板を持ちあげて斜めにすると、薄切りにした赤たまねぎを脇にあるボウルに入れた。

やだ、嘘っ。

「瀬名さんっ」

「なっとしたん？」瀬名がみなほに顔をむけた。彼女だけではない。他のみんなもだ。

「びっくりするさけ、おっきな声をださんといてや」

「なんで赤たまねぎを水に入れているんですか」

「水にさらさな辛《かろ》うてしゃないやろ」

「でもたまねぎに含まれたビタミンB群とカリウムは水に浸《つ》けると溶けてしまうんですよ。空気にさらしておくだけで辛味は和らげることができますと、作業にかかる前に話したばかりじゃないですか」

「そやったっけ？　忘れとったわ」

忘れていたのではない。ちゃんと聞いていなかったのだ。瀬名だけに限らない。パートのひと達は、まともにみなほの話を聞こうとせず、適当に相槌《あいづち》を打つだけだった。

マジ、ムカツク。

「辛味成分であるアリシンは血液をサラサラにしてくれますし、疲労回復に欠かせないビタミンB1の働きを持続させるので、むしろ積極的に摂取したほうがいいとも言いました。どうして忘れてしまうんですかっ」

「うっさいなぁ」

部屋の隅々まで響き渡る郷力の声に、須山と瀬名がびくりと身体を震わせる。高校を卒業して三十年以上経つのに、コーチだった彼女の張りあげる声に身体が反応してしまうのだろう。

みなほもビビっていた。声にだけではない。今日の主菜Aはアジフライのカレー風味で、郷力はアジを三枚におろしていた。そのため右手に握った包丁の刃先は血に染まり、黄色の作業着の上に付けた黄色のエプロンに血飛沫《ちしぶき》が飛び散っている。なおかつ帽子とマスクの隙間にある目をギラつかせ、みなほを睨《にら》みつける姿は単純に怖い。それでもすぐさま言い返すことはできた。

「うるさいとはどういうことですか」

「うっさいからうっさい言うたんや。なんかて言うたらわけわからん横文字をようさん並べやがって」

「好きで横文字を並べているわけではありません。栄養成分というのは、たいがい横文字なのだから仕方がないでしょう」

「そがに栄養士はえらいんか」

「えらいえらくないの話ではありません。みなさんに食物について知っていただこうと」

「ウチらは長年ここで働いとる。そのあいだに培ってきたやり方を、東京からひょっこりやってきた年端もいかん娘に、とやかく言われる筋合いはないんや」

「どんなやり方でも、間違っていれば正すのは当然でしょう。私は栄養士としての義務を果たしたまでのことです」

「それがえらそう言うんや」

「瀬名さんっ」郷力とみなほの口論を遮るように、赤星が言った。「赤たまねぎを水からだしてください。栄養素がどんどん溶けていってしまいますので」

「は、はい」

瀬名は素直に従う。それを見て郷力はなにか言おうとしたができなかった。「郷力さん」と赤星が呼びかけたからだ。

「なんね」

「郷力さんは三十数年、どういう気持ちで働いてきましたか」

郷力は目を見開いている。みなほもだ。須山や菊之助も手を止め、赤星を見ていた。

「社員のみなさんにおいしいもん食べさせたい一心や。他になにがある？」

「私もです。ここにいるみんなもそうにちがいありません。我々はおなじ目的を持った仲間であり、チームなんです」

「だからなんや」

言い返しながらも郷力が怯《ひる》んでいるのは間違いない。赤星に気圧《けお》されているのだ。

「仲間の意見にはきちんと耳を貸すべきです。あなたがお好きなバレーボールだって、チーム一丸となって試合に臨まなければ勝利は難しいでしょう。我々もいっしょだとは思いませんか」

「そりゃあまあ」

「敵を倒すよりも仲間を増やしたほうが楽しいですよ」

赤星は決め台詞《ぜりふ》のように言う。いや、これは実際、みなほが好きなアニメで『オバケデイズ』の主人公、エンリョーくんの決め台詞なのだ。一言一句おなじなので、偶然ではない。もしかしたら娘さんと見ているのかもしれない。

郷力はしばらく赤星を上目遣いでにらみつけていたが、「もうええわ」と吐き捨てるように言うと、身体ごと台のほうにむけた。「こんなんで時間を無駄にしとる場合やない」

「ついでにひとつお願いがあるのですが」と赤星。

「私に?」郷力は振り向こうともせずに言う。

「アジはぜんぶ捌《さば》いてしまいましたか」

「あと十匹足らずでしまいや」

「菊之助くんに捌き方を教えてやってください」

「え、俺?」

菊之助が甲高い声をだした。いつものクールさは欠片《かけら》もなく、みなほは笑ってしまう。須山と瀬名もだ。おかげで場はだいぶ和んだ。

「前から習いたいと言ってたでしょう。私よりも郷力さんのほうが達者ですからね。見ているだけでも勉強になるよ」

「そこまで言われたらしゃあないな。菊之助、早《は》よこっちにおいなぁよ」

「は、はい」

菊之助は一瞬、恨めしそうな目つきで赤星を見てから、郷力の隣に立つ。ようやくそれぞれ自分の作業に戻り、みなほもセロリを俎板《まないた》に載せ、斜めに薄く切っていく。

「あ、そうとちがう」しばらくして郷力が言う。「逆や、逆」

「逆ってなにが？」隣に立つ菊之助が聞き返す。

「腹から切ろうとしたやろ。それが逆なんよ。フライにするときはお腹やのうて背開き。背中から中骨に沿うて包丁を入れてみ。そうそう」

郷力の指導はなかなか厳しい。それでも彼女の話し方から機嫌のよさが窺《うかが》い知れた。

なんだろ、これ。

みなほが口に入れたのは輪切りにされた漬物で、焦茶色に少し橙《だいだい》が混ざったような色だった。芯《しん》までしっかり醤油《しょうゆ》が沁《し》みこんでいるが、さっぱりとした味わいをしている。だが三枚食べても、なんの野菜かがわからない。サクサクとした歯ざわりはナスやキュウリとはちがう。ズッキーニでもない。

「なんの野菜か、おわかりになりましたか」

魚のテーブルを挟んで真向かいから、忠信が訊《たず》ねてきた。左胸に小さなワニの刺繍《ししゅう》がある紺色のポロシャツを着ている。

社員食堂の営業をおえた頃、カマボコ型の工場に内線電話をかけた。相手は忠信である。いつでもいいので熟《な》れ鮨《ずし》について教えてほしいと告げたところ、私のほうでも日元さんに食べていただきたいものがあります、四時には仕事をあがりますので、そのあとそちらへ伺ってもよろしいですかと言われ、みなほは承諾した。

再雇用者の労働時間は週三十時間までで、それ以上働くと年金がもらえないそうだ。しかも年寄りが働き過ぎると若いもんが育たんと陽々子社長直々に言われているため、社員よりも早めに仕事を切り上げなければならないらしい。食堂を訪れた忠信は挨拶《あいさつ》もそこそこに、鞄《かばん》からタッパーをだし、中にあった漬物をみなほに勧めてきたのである。

「ヘチマですか」当てずっぽうで言ってみる。

「ちがいます」忠信は大仰に首を横に振った。

「ウリの仲間だとは思うんです。でもスイカにしては小さ過ぎますし」

「正解です」

「え？　スイカなんですか」

「はい。源五郎丸《げんごろうまる》すいかと言いまして、皮に縞模様《しまもよう》がないスイカを大人の拳《こぶし》よりもやや大きめに育ったところで収穫し、だいたい半年のあいだ、酒粕《さけかす》に漬けたあと、酒粕と塩を抜いてから醤油漬けにするので、短くても一年、ものによっては三年かけて仕上げます。日元さんは温故知新の会をご存じですよね」

「はい」まつざき農園の誠さんが発起人で、伝統野菜の復活に力を注ぐ団体だ。文鎮茄《な》子《す》はその成功例と言っていい。

「源五郎丸すいかは砂地で少ない肥料でも育てることができるので、白波町の海岸近くの砂地に畑が広がっていたんですよ。昭和二十年代のおわりの頃まであったらしいのですが、いつしか栽培されなくなり、この漬物もなきに等しい状況でした。このままではいけないと温故知新の会が農家に働きかけ、ここ数年で源五郎丸すいかの生産を徐々に再開させたんです。いまお食べいただいているのは去年、収穫したものを漬けた試作品です」

「忠信さんがつくったんですか」

「いえいえ。私にはとてもこんな真似はできません。営業部の佐島くん、典蔵といったほうがおわかりになるかな」

「わかります。忠信さんの発酵仲間で、〈発酵だョ！全員集合〉の撮影から編集までしているんですよね。パートの美園さんから聞きました。天保年間からつづく味噌《みそ》蔵の次男坊だということもです。あ、もしかしてこの漬物、彼の実家で？」

「ええ。白波味噌といって、典蔵くんのお兄さんの長男が八代目を継いでいます。この源五郎丸すいかの漬物を商品化して、早ければ年内に販売する予定だそうです。典蔵くんを通じて、私ども発酵仲間も微力ながら手伝わせていただきまして、ひとかたならぬ思いがあります。できましたら社員食堂で提供して反応を見ていただけないでしょうか」

「ぜひそうしましょう」

みなほの即答に、忠信は少し戸惑っている様子だった。

「いいんですか」

「地産地消で地元の野菜を食材にするだけではなく、郷土料理を社員食堂でだそうとちょうど考えていたところなんです」

「ああ、それで熟れ鮨について訊《き》きたいと？」

「はい」みなほは県庁所在地のラーメン屋での出来事を手短に話した。時季外れで熟れ鮨が手に入らなかったこともだ。

「そうか。言われてみれば、あれも発酵食品ですもんね。いやあ、なんでいままで気づかなかったんだろう。お恥ずかしい」

「忠信さんは熟れ鮨を食べたことは？」

「もちろんあります。妻の得意料理だったので。彼女のために熟れ鮨製造マシンをつくったこともあります」

「どんなマシンです？」

「マシンと言っても機械ではないんです。ラーメン屋でお聞きになったとおり、熟れ鮨は桶《おけ》に入れて重石《おもし》を載せて熟成させます。ところが三十年ほど前でしたか、使っていた桶が壊れたのでつくってほしいと妻に頼まれましてね。私は家具づくりが本職で、桶なんてつくったことがない。すると妻は熟れ鮨が隙間なく入れられるので木箱でいい、重石を上げ下げするのがシンドイので、なんなら蓋《ふた》を上から押して重石とおなじ比重をかけられる仕組みのモノをつくれないかしらと言われまして。妻は私が職人気質《かたぎ》で、頼まれればどんなモノでもつくってしまうのを知っていたんです」

忠信は照れ笑いに似た表情を浮かべる。どこか昔を懐かしんでいるようでもあった。

「そのときもあれこれ考えた末に、ハンドル付きのボルトが上部に付いた木枠をつくったんです。ここに熟れ鮨を詰めた木箱を嵌《は》めこみましてね。ボルトを回すことで、木箱の蓋を下へ下へと押しこめるようにしました。こうすれば妻の注文どおり、木箱の中に重石を載せたときと変わらぬ状態になる。熟れ鮨製造マシンというのは、妻が面白がって名付けた名前なんです。でも最近はすっかり出番がなくなって」

「奥さんが熟れ鮨をつくらなくなったんですか」

「あ、ええ、まあ。妻は十年以上も前に亡くなっていまして」

思わぬ答えにみなほは少なからず動揺してしまう。

「す、すみません。まさかそんな」

「あやまらんでもええです」忠信は穏やかに笑った。「そうだ。生前の妻について、前々から不思議に思うてたことがあるんです。栄養士の日元さんならば、おわかりになるかもしれません」

「私がですか?」

「はい。じつは私が発酵食品をつくるようになったのは、妻の嫁入り道具だったぬか床なんですよ。祖母の代からと言っていたので、百年は経っているかもしれません。入院生活が長かった妻は、なによりもこのぬか床が一番の心配事でした。彼女の代わりに私が毎日かかさずかき混ぜ、仕事おわりには必ず、ぬか漬けを病院まで持っていき、味をみてもらっていたほどです。突然柔らかくなったり、水がでてきたり、白いツブツブがあらわれたりとぬか床に問題が発生すれば、携帯電話で写真を撮って妻に相談し、唐辛子や生姜《しょうが》、ニンニク、ときには鮭の頭を焼いていれることもありました」

　忠信は静かに淡々と話した。なのにどこか楽しげで、みなほにすれば、ノロケ話を聞かされているようだった。

「不思議に思ったことと言うのは、私がつくったぬか漬けを食べおわったあと、あなた、ビールの呑《の》み過ぎよとか、カップラーメンやスナック菓子で食事を済ませてるでしょとか妻がズバズバ言い当ててきたんです。どうしてわかるんだって訊ねたところ、ぬか漬けの味でわかるんだと。そんなことってあるんですかね」

「たぶん皮膚に含まれたたんぱく質が、ぬか床に溶けこんでいくからだと思います」

「ほう」忠信は興味を示し、身を乗りだしてきた。

「バランスがいい食生活のひとが混ぜればまろやかな味わいに、偏食気味でたんぱく質が不足しているひとだとまずくなるそうです。おなじひとでも身体の調子によって変わってくるはずなので、奥さんはそれに気づいていたのではないかと」

「そうやったんですか。長年の疑問を一瞬にして解いてくださるとは。さすがは栄養士さんだけのことはある。お見逸《みそ》れしました」

「いえ、いまのが正解かどうかはわかりません」忠信に深々と頭を下げられ、みなほは恐縮してしまう。「たぶんそうではないかというだけでして。それであの、いまもそのぬか床をお使いに？」

「はい。ぬか床をかき混ぜていると、亡くなった妻のぬくもりを感じることができるんです。ただの錯覚かもしれませんが、それでもかまわない。私は妻を忘れたくないんです」忠信は恥ずかしそうに言った。「申し訳ない。余計な話をしてしまいました」

「余計な話だなんてとんでもない」みなほは首を横に振る。

「社員食堂で提供するのに、熟《な》れ鮨《ずし》がつくれる方をお探しなんですよね」と忠信のほうから話を切り替えた。

「はい」

「じつは熟れ鮨製造マシンは妻にだけでなく、社内で希望のひとがいれば、つくってあげていたんですよ。とは言ってもさほどの数ではありません。せいぜい十個くらいでしたが。そのうちのお一方がまだ社内にいます。そうだ、彼女に〈発酵だョ！全員集合〉

に出演していただいて、熟れ鮨のつくり方を教えてもらおうかな」

「どなたですか」

「あなたの身近な方です」

もしかして。

「郷力さん？」

忠信はこくりと頷《うなず》いた。


事務室に入るなり、みなほはぎょっとした。陽々子社長がいたのだ。いるのは知っていた。忠信と会うためにみなほが食堂のホールへいく前から、女子更衣室で昼寝をしていたのである。だがいまはみなほの椅子に腰かけ、靴を脱いで伸ばした足をゴミ箱の上にのっけて、『東京ごよみ』を読んでいた。

「なにしてるんですか」

「見てわからん？　サボっとるんよ」少しも悪怯《わるび》れることなく言い返してくる。「この麻布十番の社員食堂って、ここくる前に、日元さんが働いていたところやろ」

「そうですけど」陽々子社長が広げていたのは付箋《ふせん》がついたページだった。

「一般客が使えるようにしたのは日元さんやないの？」

「あ、はい。え、なんで知ってるんですか」

「そういうの調べるの得意なんよ、私」

陽々子社長はふふふと笑う。

「言い出しっぺは私でしたが、当時いっしょに現場で働いていた先輩の栄養士と料理長の三人で協力して実現まで漕《こ》ぎ着けました」

「そやけどこの記事には、日元さん達については一言も触れてへんどころか、濱松いうひとがぜんぶやったように書いてあるで」

「濱松は私の元上司です。社員食堂の一般開放には、うまくいくはずがないと最後まで反対をしていました。ところがオープンして想像以上に利益をあげると、その手柄を奪い、本来の功労者である私達三人を麻布十番から追いだしたんです」

話をしているうちに怒りが甦り、みなほは口調が荒くなった。

「えげつないなぁ。私やったら、そんなヤツ、出世させへんけどな。そやけど考えようによっては、ここにきてよかったかもしれんで。クズ野郎の下におったら、いまごろもっと嫌な目にあってたかもしれんよ」

言われてみればそうかもしれない。

「ウチは日元さんがきてくれてラッキーやと思うとる」

「ほんとですか」

「いままでの栄養士はみんな、私がここで昼寝しとると嫌な顔したんよ。追い返すひともおった。歓迎してくれたのは、日元さんがはじめてや」

「歓迎はしてません」

「そんなつれないこと言わんといて」

陽々子社長に甘えた声で言われ、みなほは笑ってしまう。

「あとそれと」

「まだなにか？」

「昨日、道の駅の足湯いっとった？」

「はい。午前中に。なんで知っているんです？」

「やっぱそうか。フミちゃんにな、ヒヨコ家具の女の子に足湯で会《お》うた、ここらへんにはおらん垢抜《あかぬ》けた子や言われてな。昨日、日元さん、休みやったから、きっとそうやろうと」

「フミちゃんって、郷力さんの娘さんですか」

「そうや。新沼さんもおったんやろ」

「はい。とても親しそうでした」

「親戚《しんせき》同士やからな。新沼さんの父親の母親の妹の息子の娘、つまりまたいとこが多恵子さんなんよ」

そうだったのか。

「フミちゃんはいま横浜《よこはま》に住んどって、会社もおんなじ横浜なんよ。その会社な、土産物の企画や販売だけやのうて店舗のプロデュースまでしとって、日本各地の自治体からの依頼も受けてるんやて」そして今度、白波町の南西にある、山深い町に道の駅をつく

るこ とになり、おなじ県内出身だからと、芙美子さんが担当になったらしい。「その道の駅にヒヨコ家具の椅子やテーブルを使いたいっていう話を持ちかけられて、今朝、会うてきたんよ」

里帰りやない。仕事できとるんよ。芙美子さんが言っていたのは、そういうことだったのか。

「時間があっても、母親とは会わないと言ってましたけど」

「フミちゃんが高校の頃は、どこいくんにも親子ふたりで仲よかったんよ。東京の大学へいってからも毎日、メールでやりとりしてて、娘からこんな写真が届いたんよって、だれかれかまわず、ケータイを見せてたわ。雲行きがおかしくなったのは、フミちゃんが旦那《だんな》さんになるひとを連れて実家に戻ってきたときや」

「なにがあったんです？」

「あの男はおまえを不幸にする、結婚したらあかん、するなら親子の縁を切る。多恵子さんはフミちゃんにそう言ったんやて」

「で、娘さんは旦那さんを選んだ？」

「そのとおり」

「旦那さんはどんなひとなんですか」

「名前は中森《なかもり》いうてな。フミちゃんより十歳年上で、オンラインゲームの運営や開発がメインの、いわゆるベンチャー企業の社長やったんよ。当時は羽振りがよくて」いまはちがうんですかとみなほが訊《き》く間もなく、陽々子社長は話をつづける。「なんせふたりの結婚式は東京で人気ランキング十位以内、かかる費用の高さは三本の指に入るホテルやったからね。披露宴の参列者は三百人、でもそのうちフミちゃんの知りあいは十分の一以下、しかも多恵子さんは出席せんかったのよ。どうしてもでてほしいって、挙式直前にフミちゃんが、わざわざこっちに戻ってきたいうのに、多恵子さんったら、話を聞かないどころか家にあがらせなくて」

「ヒドくありません？」

「そんときは私も思った。でも結婚して三年もせんと、旦那さんの会社が潰《つぶ》れてしもうて。つまりは多恵子さんの言ってたのが現実になったんよ」

なんとまあ。

「どうしてそうなるって、郷力さんにはわかったんですかね」

「私も不思議に思うて、多恵子さん本人に訊《たず》ねてみたら、中森いう男は、最初は人当たりがよくて感じのええひとそうと好印象やった。ところが娘さんがこんなに優しくて素直な性格に育ったのは、お母さんのおかげでしょうとか、社員食堂で大勢のひとに食事をつくるのはやりがいがある素晴らしい仕事ですとか、歯が浮くような台詞《せりふ》をすらすら口にしてるうちはまだしも、訊いてもおらんのに会社を起業する際に投資家や経営者からどんだけ多くの資金を調達できたかいう話を自慢げに語るのを聞いてな、こりゃあかん、詐欺師まがいの大ボラ吹きやと多恵子さんは確認したんやて。あんなヤツを娘が頬を染めて尊敬のまなざしで見てるのが、いちばん腹立った言うてたわ」

陽々子社長は短いため息をつく。

「多恵子さんが若い女性にキツく当たるんは、フミちゃんとダブって見えるからやろうな」

社員食堂がウマカフーズに委託されたあとも、最初の三年半はおなじ栄養士だったのは娘との関係がまだ良好だったからだとみなほは気づく。芙美子さんが結婚してから栄養士がコロコロ変わるようになったのだ。腑《ふ》には落ちる。しかしだ。

「冗談じゃないですよ。そんな理由でイビられてきた栄養士の身にもなってください。だいたい娘さんは結婚して十年以上経つのにまだ許さないだなんてどうかしてますって」

「人間五十を過ぎたら、十年前も昨日もほぼ変わりがないんよ。多恵子さんみたいに白波町をでようともせず、毎日おなじ場所で働きつづけていれば尚更《なおさら》やろうて」

「でもだからって」

みなほは鼻息を荒くする。だがここで陽々子社長に怒りをぶつけても意味はない。

「昨日、フミちゃんに聞いたらな。その旦那、懲りもせずに新世代の家庭用ロボットの企業を立ち上げようとしてるんやて」

「だいじょうぶなんですか」まるきり他人事《ひとごと》ではあるが、みなほは心配になった。

「私もフミちゃんにおなじこと言うたわ。そしたらな、さすがに自分の食い扶持《ぶち》は稼がなあかんって思ったのか、旦那は三年前から植木屋で働きだしたそうや。植木の剪定《せんてい》だけやなしに、芝刈りや雑草駆除、ハチの巣の撤去までしとってな。あのひともようやく汗水垂らして働く素晴らしさがわかったらしい、陽に焼けて男っぷりが増して惚《ほ》れ直したって、フミちゃんが笑って言うさけ、なんも言えなくなってしもうたわ」

旦那さんはカエルではなかったらしい。それはそれでみなほは羨《うらや》ましく思えなくもなかった。

ズンドゥズンドゥズンドゥ、ウェエエエイィィ。

ズンドゥズンドゥズンドゥ、ウオッォウォォォ。

『リラックス』の前奏で、日元みなほはぱちりと瞼《まぶた》を開く。ベッドから這《は》いでようとして、三世代前のスマホの画面をたしかめる。やはりそうだ。今日は土曜日だった。昨日、寝る前にタイマーを切り忘れ、朝五時半に曲が流れてしまったのだ。スマホの電源自体をオフにして布団に包《くる》まる。すると今度はインターホンの音がした。

「おはようございますぅ。朝早《はよ》ぅごめんないで。新沼ですぅ」

勘弁してよ。

そう思いつつもシカトするわけにもいかず、みなほは身体を起こす。

「いまいきまぁす」

リビングでソファに脱ぎ捨てていたサマーカーディガンを着てから、玄関口へむかい、ドアの鍵《かぎ》を外し、そっと開いた。

「お願いや、日元さんっ」

挨拶《あいさつ》もせずに、新沼さんが手をあわせて拝んできた。

「な、なんです？　どうかしましたか」

「お妃冬瓜《きさきとうがん》の収穫を手伝《てつと》うてくれ」

「は？」

「いま、学生さんから電話があってな」

新沼さんの話はこうだった。本来ならば県内の農大生数人がきてくれるはずだった。ところが彼らが暮らす寮で昨夜遅くにボヤ騒ぎが起こり、全員無事だったものの、収穫の手伝いどころではなくなってしまったのだという。

「いますぐですか」

「七時にウチへきてくれればええ」

「わかりました」新沼さんにはいろいろと恩がある。ここはひとつ、恩返しをしておくべきだろう。

「頼めばきてくれるひとはおらんけ？」

無理ですとみなほは言いかける。しかし新沼さんの悲愴《ひそう》な表情を見て、「とりあえず声はかけてみます」と答えた。

〈いいよ〉

〈オッケーです〉

「マジですか」

みなほはスマホを見るなり、声にだして言ってしまう。

お妃冬瓜の収穫を手伝ってほしいと美園と菊之助にLINEを送った。無理ならば断ってくれてもいっこうにかまわないと書き添えてだ。ところが朝食をつくりはじめると、ふたりから立てつづけに了解の返事が届いたのである。美園は〈途中で典蔵ん家《ち》に寄って、アイツも連れていく〉とつづけて送ってきた。

だいじょうぶですか。

薄手のパーカと両膝《りょうひざ》ともに擦れて穴が開きかけたジーンズというでたちのみなほに、グックーが心配そうに訊ねてきた。

「なにがよ」

このあいだ、まつざき農園で芋虫見て、気を失ったの忘れちゃったんですか。

「忘れてないよ。でも新沼さんの頼みを断るわけにもいかないでしょ。美園さんと菊之助くんもきてくれることになったしさ」

キーを差しこみエンジンをかける。新沼さんの家まで一本道だ。畦道《あぜみち》をまっすぐ走っていく。やがて右手前方に瓦《かわら》屋根の立派な、新沼さんの家が見えてきた。庭に真っ赤なワゴンRが停まっている。その前に立つ女性は美園にちがいない。隣にいるトトロみたいな大柄な人影は典蔵だろう。

　みなほさん、左。

　グックーに言われ、左側を横目で見る。畑を挟んだむこう側で、自転車がおなじ方向にむかって走っていた。菊之助だ。

「菊之助ぇぇぇ、ファイトォォォッ」

　美園が叫ぶと菊之助は立ち漕《こ》ぎになって、スピードを速め猛ダッシュをかける。結果、競馬であれば鼻の差くらいの接戦で、菊之助のほうが先に新沼さん家にゴールした。自転車から降りた彼はその場で仰向《あおむ》けになり、ぜいぜいと肩で息をしている。

「ようきてくれた」グックーをおりるなり、新沼さんが近づいてくる。「日元さんが呼んでくれたんは、この三人け？」

「はい。すみません、私にはこれが精一杯で」

「いやいや、大助かりや。二十年も前やったら一声かければ親戚《しんせき》だけで最低でも十人は集まったんやけどな。いまでは若いもんは町をでていって、年寄りは病気か墓の中やから、ひとりしか見つからんかったわ」

　新沼さんが話しているあいだに、グックーがきた畦道の反対方向から、自転車がこちらに走ってくるのが見えた。

「ああ、あれや」

その自転車がみなほ達の前で停まった。カタチからしてどうやら電動自転車のようだ。乗っている人物は、銀色のヘルメットを被《かぶ》り、サングラスをかけ、顔の下半分を黒マスクで覆っているため、顔はいっさい見えない。しかも青い長袖《ながそで》Tシャツにデニムのオーバーオールといういでたちなので性別さえさだかではない。それでも醸しだす雰囲気で、みなほにはだれかがわかった。

「郷力さんですか」恐る恐る訊《たず》ねる。

やはりそうでしたか。

「私だとあかんの？」

お妃冬瓜の収穫はふたり一組でおこなう。ひとりが一メートルほどの木の棒で葉っぱをどかして、その下にある実を探す。見つけたら蔓《つる》から切って、畑の側にある通路にいる相方に投げて渡す。受け取ったらトラックまで運ぶ。この繰り返しだと新沼さんから説明を受けた。

グーチョキパーで組分けをし、グーは菊之助と典蔵、チョキは新沼さんと美園、パーはみなほと郷力だった。

よその組はどちらの係になるかを相談していたが、郷力は一言も話さずに棒を奪うように取るなり、さっさと畑の中に入っていった。ムカつきはした。しかし葉っぱと実の色がおなじ緑で見つけづらく、なおかつ蔓を踏まないように進まなければならないので、みなほには無理なのはたしかだった。

「投げるで。ええか」

早速、お妃冬瓜を一個採った郷力が訊ねてくる。ふたりの距離は五メートルは優にあった。取れるかどうか、いまいち自信がない。それでもみなほは「はいっ」と返事をした。

「あかん」

「はい？」

「両足を肩幅に広げて、腰を落とさな」

言われたとおりにする。だが駄目だった。

「ちゃうちゃう。あんたはお尻《しり》が落ちとるだけ。膝が内側に入っとるやろ。それがあかん。ええか。股関節《こかんせつ》を開くんや」郷力はお妃冬瓜を左腕に抱え、少し屈《かが》んで、両腿《もも》の付け根を右手でぱんぱんと叩《たた》く。「爪先《つまさき》は外にむけるとええ」

いまはその言葉に従うしかなさそうだ。

「そしたら掌《てのひら》を上にして両手をお腹と腰のあたりにおいてみ。それでええ。動くんやないで。ウチがあんたの手ぇ目がけて投げるよってな。イッチ、ニのサンでいくで」

「はいっ」

「イッチ、ニのサンッ」

お妃冬瓜が宙を舞い、弧を描いてみなほの両手に飛びこんできた。胸下に直撃したものの、お妃冬瓜を落とすまいとがっしり摑《つか》んだ。

「ナイスキャッチッ」

郷力が言った。これまで聞いたことがない、明るく爽《さわ》やかな声だ。本気で褒めているのだとわかった。

「ありがとうございますっ」

みなほは大きな声で礼を言う。郷力にではあるが、いまここにいることに感謝する気持ちもあった。なぜかはわからない。でもそのときはじめてこう思ったのだ。

白波町にきてよかったと。

IV　メタボよ、さらば！

「カダイフ巻ってなんね？」

郷力の鋭い声が社員食堂のホールに響き渡る。典蔵を含む数名がこちらをむくのが、みなほの座る位置から見えた。

「声デカいって、郷力さん」と菊之助が注意する。「社員さんの打ちあわせの邪魔んなりますよ」

「デカい声がでたんは、日元さんがつくった献立表のせいや」郷力が不服そうに言う。

やれやれ。

十月第一金曜の今日、すべての業務をおえたあと、魚のテーブルで十一月上旬の献立会議をはじめた。赤星とみなほだけで十分なのだが、必ず郷力が同席し、菊之助も参加している。

黄色のジャンパーまたは黄色の作業着の社員達が囲んでいるのは、みなほの社宅にあるのとおなじ、檜の一枚板のテーブルだった。その中にカジュアルなジャケットを身にまとった男性がひとりいる。どうやらクライアントらしい。彼らは出入口近くでみなほ達は窓際と、ホールの端と端なので話す内容まではわからなかった。

「先月、ホタテに細い麺《めん》みたいのを巻いて揚げたでしょう？　あれがカダイフです。今度はエビに巻こうかと」

「手間かかって面倒やったヤツやないか」赤星が言いおわらないうちに、郷力が不平を洩《も》らす。「あんなん使わんでもパン粉でええやろ」

「パン粉よりも油を吸う量が三分の一に抑えられるんですよ」以前にも説明したが、みなほは言わずにおく。「社員さんにも評判よかったですし」

「郷力さんのおかげですよ」赤星は真顔で言う。「あんだけ上手に巻けて、キレイに揚げることができるなんて、プロの料理人だってそうそういません」

「私はブタやないから、煽《おだ》てても木には登らんで」と言いつつも、郷力は満更でもない表情だ。「そもそも手がかかる献立が多すぎる。先週のおはぎもそうや。握るだけでも大変なのに、あんこからつくらんでもよかったんちゃうん？」

「ただのあんこではありません。発酵あんこです」

茹《ゆ》でた小豆《あずき》を冷まし、米麹《こめこうじ》と混ぜて、炊飯器で十時間保温して発酵させたのだ。〈発酵だョ！全員集合〉の動画を参考にしつつ、わからないところは忠信本人に直接、教わった。

「それだって社員さんに好評だったでしょう」

赤星が諭すように言う。以前ならば郷力が不満や文句を言ったら、俯《うつむ》いて一言も発しなかったのに、最近はきちんと応対するだけではなく、ときには反論もした。えらい変わり様だ。

だが郷力といちばんよくしゃべるのは菊之助だろう。はじめは赤星に促され、郷力に魚の捌《さば》き方だけだったのが、いつの間にか他の食材の下拵《したごしら》えも教わっていた。やがて郷力以外のパートにも、菊之助は積極的に話しかけ、揚物の調理方法やスチコンの使い方なども習い、ときどき使うこともあった。ほんの少し前までは、ろくに挨拶《あいさつ》もせず丸一日、声を聞かないことさえあったというのにだ。そして先月からはこうして献立会議にまででるようになった。勝手に陰キャだと思っていたが、本来は陽キャだったらしい。

みなほもある意味、郷力と会話を交わす機会が増えた。土日に農家を手伝いにいくと、二回に一回の割合で郷力と会うのだ。だが農家の手伝いで畑にいるときでも、そんな採り方だとキズがついて売り物にならないだの、もっと丁寧に作物を扱えだの、鎌もろくに使えんのかだの、これだから東京もんはだの、郷力はいちいち小《こ》うるさかった。みなほも負けてはいられない。だったらキズがつかない採り方を教えてくださいとか、丁寧に扱うにはどう持てばいいんですかとか、鎌の使い方もろくに教えられないんですかとか、東京もんじゃなくて埼玉もんですとか言い返した。会話を交わすというより、ただの口喧嘩《くちげんか》に過ぎない。これではお互いの距離が縮まるはずもなかった。

ちなみに郷力は〈発酵だョ！全員集合〉の出演を快諾したらしい。発酵あんこのつくり方を教わったとき、忠信から聞いたのだ。熟《な》れ鮨《ずし》にはサバを使うそうで、秋を迎えて旬の時季になったので、そろそろ撮影をおこなうとのことだった。

「二週目の月曜にでるデザートの柿って、佐藤さんのとこのけ」

「そうです」チームさしすせそのひとりの佐藤だ。彼女の旦那《だんな》さんはJA職員だが、実家の柿農家を兄が継いでいた。「私のほうからお願いして、入荷することにしたんです」

じつは佐藤のほうから実家の柿を使ってほしいと言われた。自分がみなほにお願いしたとなると、郷力が気を悪くするので、そういうことにしてくれと頼まれたのである。

「ここには柿としか書いてへんけど、そのまんまでだすつもりけ？」

「もちろん皮を剝《む》いて」

「面倒やん、そんなの。焼いたらどうや」

「焼くって、どうやってです？」

「皮剝かんとヘタ切って、その断面に八等分の切れ目を入れたら、グリルで焼くんよ。そうすると甘みが増すんでそれだけで食うてもええが、クリームチーズをのっけて、粗《あら》挽《び》きの黒胡椒《くろこしょう》をかければ絶品や。短い時間でたくさんできる」

「ウマそうッスね」真っ先に菊之助が同意する。「そうしましょうよ、日元さん」

「いいかも。赤星さんはどう思います？」

赤星は応じない。なぜか典蔵達のほうをじっと見ていた。

「赤星さんっ」

「あ、うん」菊之助の呼びかけに、赤星は我に返ったかのような顔つきになり、薄くなった前髪をいじりだす。「ご、ごめん。カキをどうするって？」

「焼くんです」とみなほ。

「そうだな。あまり手を加えず、焼くだけにして、搾ったレモンをかければ」

「なに言うてんですか」菊之助がツッコミを入れる。「貝の牡蠣《かき》やのうて、果物の柿の話してたんスよ」

「そ、そっか。申し訳ない」

その後も献立表について、いくつか郷力から細かいチェックが入ったが、大旨オッケーとなった。

「他になにかありますか」

みなほが言うと、菊之助が手を挙げた。

「ひとつ提案があるんですけど、いいッスか」

「なに？」

「俺、友達とのつきあいで、ときどき釣りにいくんスけど」

「あんた、友達なんていたん？」

郷力が不思議そうに言う。

「そりゃいますよ」菊之助は心外そうな顔つきになる。

そういえば夜遅くまでオンラインゲームをする友達がいたはずだとみなほは思いだす。

「このあいだの休み、先ヶ崎漁港までいってきたんスよ」

聞き覚えがあるぞと思い、みなほはどこで耳にしたか、すぐに気づいた。

「そこって太刀魚が釣れたりする？」

「つうか俺達、まさに太刀魚を釣りにいったんスよ。なんで日元さん、知ってたんスか」

元カレと最後にいった中華料理店、五諸侯でてきた太刀魚の仕入れ先が、その港だったのよとは言えない。

「このへん、どんな魚が採れるのかなって、調べたことがあって」

「さすが日元さん、勉強熱心スね」

菊之助は友達と電車でいったのだが、県庁所在地にいっぺんでて乗り換えねばならないため、片道で二時間半はかかったそうだ。

「太刀魚はいまがハイシーズンだもんだから、イイ場所は取られちゃってたんスよ。おかげで丸坊主のまんま、あきらめて帰ろうとしたら、ちょうどはた売りがはじまる時間だったんです」

「はた売りって？」とみなほ。

「漁から戻った船が港に着くなり、獲《と》ってきた魚を下ろして直接、売ることとです。地方局の中継とかでは何度か見たことあったんスけど、足を踏み入れたのは、こないだがはじめてで」

「亡くなった旦那も釣りが好きやったさけ、先ヶ崎へは家族でときどきいってたんよ」

郷力が口を挟んできた。「二十年、いや、三十年以上昔になるんやろか。その頃にはまだ漁港に市場はあったで」

郷力の口からでた〈家族〉という言葉に、みなほはハッとする。三十年以上前だと、ひとり娘の芙美子さんは小学校にあがるかあがらないかの頃だ。絶交したいまも、楽しかった家族の記憶はたやすく捨てられないのだろう。いや、だからこそ大切に取ってあるのではないか。

「はた売りをやるようになってから、まだ十数年のはずです」と赤星。「少子高齢化で漁師のなり手がめっきり減って、競りがなくなってしまったからだそうで」

「赤星さんは先ヶ崎漁港にいったことあるんスか」

「ウチのマンションから車で二十分とかからないんでね。月に二、三度は、はた売りで魚介類を買ってる。八月には知りあいの漁師がやってる民宿に、家族で一泊してきたし」

「なんでいままで黙ってたんスか」

「え？　あ、いや、べつに言う機会なかったんで」

菊之助に問い詰められ、赤星は困り顔になっている。

「いってみて思った以上に魚の種類が豊富だったんで、ビックリしましたよ。しかも市場を通していないので格安なんです。俺と友達で釣るつもりだった太刀魚が五匹六百円で売ってたんで、ふたりで買って分けました」

それは安い。安すぎる。五諸侯で食べたディナーコースは一万円以上、そう考えると太刀魚のあの料理は二、三千円はするはずだ。ほぼフォアグラの値段だったにちがいない。

「どうッスかね、日元さん。その港で魚を仕入れてくるのってありだと思いません？」

「ありだよ」とみなほは力強く頷《うなず》く。

新鮮な魚を食べられれば社員達はよろこぶだろうし、コストダウンにも繋《つな》がる。アルバイトながら社員食堂のことを考え、提案してくれた菊之助の心意気もうれしい。白波町ではないが、おなじ県内ではあるので、来月のテーマ〈地産地消でいこう！〉にピッタリだ。そしてなによりも、みなほはその港に俄然《がぜん》、興味が湧いてきたのだ。

「明日いって、どんなところか見てこようかな」

「土曜は休みです」と赤星が言った。「明後日《あさって》の日曜だったら、娘といくつもりだったんで、いっしょにどうです？　案内しますよ」

「俺もいきます」みなほが返事をするよりも先に、菊之助が言った。

「待ってくれ」赤星は両手でスマホを囲むように持ち、左右の親指で打ちだした。やがて「よし」と言ってから顔をあげた。

「明後日、港へいったあと、ウチにこないか。買った魚を調理して食べさせてあげよう」

「やったっ」赤星の提案に、菊之助は無邪気によろこび、ガッツポーズさえ取っている。

「あ、でも調理は俺も手伝いますよ。できるだけ協力しますんで」

みなほとしても願ったり叶《かな》ったりである。しかしオトナなので菊之助のようにはしゃいだりせず、「いいんですか」と念のために訊《たず》ねた。「家族の方に迷惑になりません？」

「心配いりません。妻にLINEを送って、オッケーの返事をもらったので」だからスマホをいじっていたのだろう。「じつはいま二人目がお腹にいましてね。先月末から在宅ワークなんですよ。ひとがきてくれたら、いい気晴らしになるとも書いてありました」

「郷力さんもどうです？」

「私はええわ。日曜はべつの用があるさけ」

「じゃあ仕方ないッスね」

菊之助があっさり言うと、郷力は僅《わず》かに眉《まゆ》をひそめた。できればいきたい。だが二つ返事で応じるのはプライドが許さないし癪《しゃく》でもある。まあまあ、そう言わずにいきましょうよともう一押しされれば、いくつもりだったのではないか。みなほはそう思うものの、自分からその一押しをするつもりはなかった。

「わざわざ遠いところまで足を運んでいただき、ありがとうございました」

典蔵の声とともに無垢《むく》材の円卓を囲むひと達が一斉に立ちあがるのが見えた。

「よろしかったら工場をご覧になっていきませんか」

「はい。あ、でもその前に」

典蔵の誘いを断ると、クライアントと思《おぼ》しき男性が、こちらへ足早に寄ってきた。何事かと思いきや、赤星のほうから「やっぱりコウチヤマか」と彼に声をかけた。

「おひさしぶりです」

「さっきからそうやないかと思っとったんよ。ひさしぶりやのぉ」赤星の口調ががらりと変わった。関西弁全開になったのだ。「何年ぶりや。店なくなったあと、ずっと会《お》うてなかったよな」

「赤星さんの結婚パーティー、いったやないですか。それが最後です。あんとき、奥さんのお腹におった子はいくつんなりました？」

「来月、七五三や。せやから七年、いや、八年ぶりか。元気にしとったか」

「おかげ様でどうにか」

「立ったまんまやと落ち着かんさかい、ここ座れや」赤星に勧められ、コウチヤマは椅子に腰を下ろす。「昔と全然変わらんな」

「赤星さんこそ」

「そんなわけあるか。どこに目ぇつけとるんや。よう見てみぃ」赤星は自分の頭をぺしぺし叩《たた》く。「こんな薄うなっとるやないかい」

「昔からそんなもんやったですよ」

「阿呆《あほ》抜かせ、もう少しあったわい」

そう言いながらも赤星は口を大きく開いて、ガハハと笑う。こんなに活《い》き活きとした彼を見るのははじめてだ。郷力と菊之助もおなじらしく、ふたりともなにが起きたのかわからない顔つきになっていた。

「赤星さん、コウチヤマさんとお知りあいだったんですか」

　遅れてやってきた典蔵が訊ねる。

「昔、俺の店で働いとった仲間や」

「仲間だなんて。赤星さんは俺の師匠です」

「おまえみたいなできそこないの弟子、取った覚えない」

「よう言いますわ」

　ふたたび赤星はガハハと笑った。コウチヤマもいっしょにだ。

「せやけどコウチヤマ、ここでなにしてるんや」

「来年アタマ、神戸《こうべ》の三宮《さんのみや》に自分の店をだすことんなって、そこに置くテーブルや椅子などの打ちあわせにきたんですわ」

「おまえが店を？　凄《すご》いやないか」

「全然凄かないですよ。赤星さんが店をだしたのは三十三歳やったから、それまでには思うてたんですけど、コロナやなんやかんやで、五年も遅れてしまいました」

　となるとこのひとは三十八歳なのか。それにしては肌艶《はだつや》がよすぎる。若さを保つため、毎日かかさずスキンケアをしているのかもしれない。

「それ言うたらおまえの歳で、俺はもう店を潰《つぶ》しとるがな」

　赤星がまたガハハと笑っても、コウチヤマはいっしょに笑わずにいる。そしてこう言った。

「俺、赤星さんの店を目指しているんです」

「五年で潰れた店、目指してどうするんや」

「潰れたのは赤星さんのせいやないでしょ。アイツに金を持ち逃げされなければいまだって」

「それ以上言わんといてくれ」赤星が言った。穏やかなのに、抗《あらが》えない力強さがあった。

「死んだ子の歳を数えるようなもんや。意味がないで」

「でも俺にとってはかけがえのない五年間でした」

コウチヤマが神妙な面持ちで言う。赤星はそれには応じず、俯《うつむ》き加減で数少ない髪を大事そうにいじっているだけだった。

「結婚式んとき、大阪の社員食堂で働いている言うてましたよね」

「いまはここの社員食堂の料理長や」

「なんでですか。なんで赤星さんほどの腕の持ち主が、社員食堂なんかで働いとるんです？　宝の持ち腐れもええところやないですか」

「社員食堂のどこがあかんの？」

郷力だ。見も知らぬオバサンに突然、敵意むきだしに言われ、コウチヤマは目を瞬《しばたた》かせている。

「あ、あかんとは一言も言うてません」

「言うたのもおんなじ言い方したやろ」

「いや、あの」

「赤星さんは社員さん達のために、その腕前をじゅうぶんに発揮してくれとるわ。それをなんや、宝の持ち腐れって。いったい何様のつもりや」

郷力にはいままでさんざん怒鳴られたり叱られたりしてきた。だがこれほど怒りを露《あらわ》にした彼女ははじめてだ。顔を真っ赤にして、鬼のような、どころかそのものの形相になっていた。額の両側から角が生えてきてもおかしくないほどだ。

「な、何様ってクライアント様ですよ」典蔵が青ざめた顔で、声を震わせながら言った。

「申し訳ありません、コウチヤマさん。どうぞお気を悪くなさらず」

「いえ、謝るべきは俺のほうです」コウチヤマが深々と頭を下げる。「つい言い過ぎてしまいました。許してください」

「ええよ。俺はべつに気にしとらん。頭あげてくれ」赤星は鷹揚《おうよう》に言い、視線をコウチヤマから郷力に移す。「郷力さんが気を悪くしたのはもっともです。でも今回は俺に免じて勘弁してもらえませんか」

「赤星さんがええなら、私もええよ」

そう言いながら、郷力はコウチヤマを睨《にら》みつけていた。腹の中ではまだ怒りが収まっていないのだろう。

「こ、工場にご案内しますので、どうぞこちらに」

典蔵も郷力の様子に気づき、一刻も早くこの場を去ったほうがいいと察したのだろう。

彼の誘導で一旦《いったん》は踵《きびす》を返したコウチヤマだが、去り際にこちらに顔をむけた。

「またきますんで、そんときは赤星さんがつくった料理、食べさせてください」

「もちろんや」

赤星は即答だった。にっこりと微笑みながらも、どこか寂しそうだった。


「大阪の堺筋本町にあった赤星さんの店な、私、何度かいったことあったんよ。ゲッカドクシャクゆうてな。李白《りはく》ってひとが読んだ漢詩のタイトルで、月の下、独りでお酌と書くんよ。友達がいない俺は月の下でお酒を呑《の》んでいる言う詩で、老若男女問わず、どんなひとでもひとりで気軽に立ち寄れる店って意味が込められてたそうや」

ようしゃべるオバハンやなぁ。

グックーが言った。陽々子社長の訛《なま》りを真似たのではなく、自然に移ってしまったようだ。

献立会議がおわったあと、事務室でデスクワークを済ませ、会社をでたのは午後四時半だった。グックーにむかって駐車場を横切っていると、「日元さぁん」と陽々子社長が追いかけてきた。

私の車、電気自動車なんやけど、充電し忘れて動かないんよ。お願いやさけ、白波町役場まで乗せてってな。五時からの白波温泉街活性化計画会議に出席しなければならんのや。

町役場は空港の先だ。みなほにとってはやや遠回りなのだが、ヒヨコ家具から十五分程度とそう負担でもないので、送ってあげることにした。

陽々子社長はグックーに乗りこむなり、典蔵くんから聞いたで、と社員食堂で起きた出来事を切りだし、ご丁寧にコウチヤマは漢字で河内山だとも教えてくれた。

「その日に仕入れたいちばんの食材を使《つ》こうさけ、品数は少なかったけど、毎日ちがうメニューやったんよ。たとえばおんなじ餃子《ギョーザ》にしても日によって具がちごうててな。皮も手打ちで、具に合わせて厚みや塩加減を変えてたんやて。そんだけ一品一品に手間隙《てまひま》かけてたわけや。私が食べた餃子の具は鴨むね肉と鴨レバーを挽肉《ひきにく》にしたのやったけど、嚙《か》んだ瞬間、口ん中に旨味《うまみ》が広がっていって、これがもうコクたっぷりでサイコーやったんよ」

うまそうやなぁとグックーが呟《つぶや》く。みなほもゴクリと生唾《なまつば》を飲みこんでしまった。

「それにしても河内山さんが赤星さんとこで働いていたとは驚きやな」

「店が潰れたのは赤星さんのせいではなくて、だれかが金を持ち逃げした話を河内山さんがしてたんですけど」

「気になるん？」

「ええ、まあ。もしかして社長、そのへんの事情を赤星さんから聞いてます？」

「いや。でも数年前に大阪のクライアントさんとの商談中に〈月下独酌〉の話んなって」

みなほとグックー以外、聞く人がいないのに、陽々子社長はひそひそ声になった。

「高校時代の友人同士の共同経営で、ひとりは金勘定、もうひとりは料理と役割を分担していたんやけどな。ある日、金勘定担当が、運営資金をまるまる持ち逃げしたんやて。おかげで食材その他の支払いが滞ってしまい、三ヶ月もせんうちに店を畳まざるを得なくなったらしいんよ。その料理担当が赤星さんやったって言うのも、そんときはじめて知ってビックリしたわ。自分の店を潰してウマカフーズで働きだしたのは知ってたけど、まさか〈月下独酌〉だったとは思いもせんかった。私としては物怪《もっけ》の幸い、これで月下独酌の料理がふたたび食べられるチャンスや思うてな。もう一度店をやる気があれば、私が出資してもええよって、赤星さんに話を持ちかけたら」

お気持ちは大変、うれしいのですが、私は二度と店を持つ気はないんです。申し訳ありません。

「って丁重に断られてしもうたんよ。その後も何度か説得したんやけど、ぜったい首を縦に振ってくれなくて、いい加減、あきらめたわ」

ここをまっすぐでいいんですね。

そうだよ。

ヒヨコ家具からの坂道を下りおえ、交差点にでたところで、グックーが訊《たず》ねてきた。社宅へ帰るには、ここを左に曲がって国道に入る。だが町役場へいくのであれば、まっすぐだ。

「多恵子さんは多恵子さんで、えらくご立腹だったそうやな」ふたたび話しだす陽々子社長の声量は元に戻っていた。「その怒りの矛先がクライアントの河内山さんやったから、しゃれんなりませんでしたって、典蔵くん、泣きそうな顔で言うとったわ」

「泣きそうだったのは、郷力さんが怖かったからかもしれませんよ」

みなほは言った。冗談のつもりではあったが、陽々子社長は「たしかに」と笑った。

「多恵子さんを本気で怒らせたらシャレんならんもん。厨房《ちゅうぼう》ん中やったら、河内山さんをスパテラで突いとったかもしれんな」

「さすがにそこまでは」

「前に一回、やったんよ、多恵子さん。三十数年も昔の話やけどね」

みなほさんが悪玉バアサンって呼んでるオバサンでしょ。雨ん中を自転車だったから、俺に乗せてあげたのに、さんざっぱら文句言ってた、あのオバサンならそんくらい、やってても不思議じゃないな。

グックーの意見はもっともだ。

「スパテラでだれを突いたんです？」

「ヒヨコ家具の社員食堂は昔、地元の給食センターがやってたのは知ってるやろ。そこから最初にきた料理長」

「どうしてそんな真似を？」

「セーバイや」

成敗と頭の中で変換するのに、みなほは三秒ほどかかった。だがわかったところで、まるで要領を得ない。

ヒヨコ家具に社員食堂ができたのは昭和のおわりである。その頃、陽々子社長は社長どころかヒヨコ家具の社員ですらなかった。跡を継ぐ気もなく、大阪の大学を卒業したあと、天王寺《てんのうじ》の輸入雑貨屋でアルバイトをしていたそうだ。

「いまから話す多恵子さんの一件は、だいぶあとんなって、多恵子さん本人だけやなしに、その頃、すでに働いとった社員さん達に聞いたんやけど」

そう前置きをして、陽々子社長は話しはじめた。

「当初の社員食堂は、カレーにハンバーグ、唐揚げ、カツ丼、あとはそばかうどんってくらい、メニューが乏しかったんよ。しかもコスト削減のために安い食材を使っているせいで、どれも満遍なくマズかった。多恵子さんとしては、社員食堂いうのはこんなもんかと思ってたそうや。とは言え毎日おんなじもんばっか、繰り返しつくっているだけやと、仕事としての面白味もやりがいもない。なによりも辛《つら》かったのは配膳《はいぜん》の際に社員から直接、文句を言われることやった。またこれか、ええ加減あきた、もっとウマいもん食わせろ、いくら安いからって手を抜きすぎやないかなどさんざんな言われようで、多恵子さんをはじめパートはみんな、詫《わ》びるしかなかったんやて」

「栄養士はどうしてたんです？　料理長とおなじ給食センターから派遣されていたはずですよね？」

「入社二、三年目の見た目からして気弱そうな女の子で、三十歳近くも年上の料理長の横暴な態度にすっかり萎縮《いしゅく》してしまってな。死んだ目で下僕のように言いなりになっていたそうや」

食材の仕入れや献立づくりなど、本来は栄養士がすべき仕事は、俺に任せろと料理長がやっていたらしい。

「その頃の社員は二、三十代の独身者ばかりやったし、三百円だせば腹一杯にはなる。よそへ食べにいく場所もないんで、社員は文句を言いつつも、社員食堂のマズいメシを食べつづけるしかなかった。せめて献立のバリエーションを増やしませんかって、多恵子さんが意見したら、料理長にブチ切れられてな。パートのくせして俺に口出しするのか、フザケるのもたいがいにせえ、おまえ達がつくっとるのがメシやと思うとったんか、そんわけあるか。エサや。味わって食うてるヤツなんかおるもんかって、頭ごなしに怒鳴りつけてきた」

元上司の濱松が、似たような発言をしていたことがあった。彼が担当する地域の全体会議のときだった。社員食堂とは言え利益追求はすべきだ、食材は常に一ランク下のものを使うように心がけろ、安い値段でメシを食おうとする卑しい連中に、手のこんだ料理をつくったって意味はない、と言い放ったのである。

「多恵子さんは料理長に歯向かわず、ぐっと堪《こら》えた。まるで諦《あきら》めたわけやない。そこで多恵子さんはおんなじ給食センターに業務委託しとるよその会社の社員食堂にいくつかもぐりこんでみたら、どこもメニューは豊富やし、ヒヨコ家具と値段はさして変わらんのに、比較にならんほどウマかった。作り手の腕のちがいだけやのうて、食材からしてちごうてた」

ウマカフーズとちがい、自社の物流センターがあるわけではない。給食センター本社が推奨する取引先から食材を仕入れるのが基本ではあったものの、各々の社員食堂の判断に任せてもいた。それこそいまのみなほのように、近隣の農家から仕入れている社員食堂も多かった。ヒヨコ家具の場合、ほとんどの食材が料理長独自のルートだった。

「不審に思った多恵子さんは、栄養士の子なら、なんか知っとるかもしれんと訊《き》いてみたんやけど、料理長の名前をだしただけでも顔が青ざめてしもうた。いくらなだめすかしても口を割らん。しまいにはおいおい泣きながら、料理長には暴力団の友達がぎょうさんおって、もし俺のしとることをバラしたら、おまえだけやなしに、家族みんなヒドい目にあわせてやるとおどされとる言うさけな。心配せんでもええ、あんたから聞いたとはぜったいに言わんと多恵子さんは誓《ちこ》うて、どうにか聞きだせた話がな。料理長はホンマに使《つこ》うてる三倍から五倍の食材を入荷して、横流ししとるだけやなしに、取引先と結託して、水増しした金額を会社に払わせ、いわゆるキックバックを受け取ってもいたんよ」

過ぎ去った昔の話だ。それでもみなほはフツフツと怒りが沸いてくる。不愉快極まりない。聞いているだけで虫酸《むしず》が走った。

「そいでな、こっからが多恵子さんの凄《すご》いところなんよ。栄養士の子の証言を裏づける証拠を探そうと、料理長がおらん隙に事務室に入って、帳簿だけやなしに見積書や納品書、請求書などあらゆる書類、さらには料理長のメモ書きまでを片っ端に調べてみたら、金額も数量も数字がまったくあわんところが、わんさか見つかった。さらに献立表と比べると、食材の量が過剰なばかりか、使ったことなど一度もない肉や魚も山ほどあった。社員食堂がオープンして、そのときでほぼ三年、だれにもバレんさけ、横領するのが慣れっこで、脇が甘《あま》なっとったんやろう。多恵子さんはぜんぶコピーして、どんだけの金が横領されたか、報告書をつくって、ヒヨコ家具の総務部に提出しただけやなしに、給食センターの本社へ送りつけもした。多恵子さんが調べただけでも、料理長は三年近くのあいだに、二千万円あまりの金を手にしとったのよ」

ふざけた野郎だ。

「ふざけた野郎だ」

みなほはグックーと声が揃う。

「まったくや。そのあと料理長が総務部に呼びだされて、スタッフみんなで厨房の掃除をしていたところに戻ってくるなり、栄養士の子に駆け寄って摑《つか》みかかろうとしたんやて。自分の悪行を彼女がチクったと勘違いしたらしいんよ。するとそばにいた多恵子さんが咄嗟《とっさ》にスパテラを手に持って、料理長の脇腹を突いてな。強烈な一撃に倒れた彼にむかって」

あんたの不正を洗いだして報告書をつくったのは私や、文句あるなら私にかかってこい、暴力団の友達も連れてきたらええ、いつでも相手んなったるわ。

「って多恵子さんは啖呵《たんか》を切ったんやて」

スパテラを構え持つ若かりし日の郷力の姿が、みなほの脳裏に浮かぶ。

「その料理長はどうなったんです？」

「当然ながら懲戒解雇、横領に関しては示談が成立して不起訴んなった。その後、多恵子さんや栄養士の子んとこにも、姿をあらわさなかった。暴力団の友達がおるなんて、ただの脅し文句の嘘っぱちにちがいないって、みんな言うとるわ」

やりますね、悪玉バアサン。っていうか悪玉どころか善玉バアサンじゃないですか。

グックーがみなほの耳元で囁《ささや》いた。


「お父ちゃん、見て見てっ」

赤星の娘が足を止めて大声で言った。来月に七五三のお祝いを控えた瀬里奈《せりな》ちゃんだ。お気に入りだという愛らしいピンクのトレンチコートを着て、首からは『オバケディズ』に登場する半魚人のフカキモノをぶら下げていた。小さめのぬいぐるみで、ガマ口財布にもなっており、開く部分がフカキモノの口になっている。みなほも買おうとしたが、二十歳過ぎた社会人が持つのはどうかと思い、諦めたものだった。

「サメや。サメうっとる。一ぴき五百円やで。おかいどくや」

鮫《さめ》は箱の中にいた。生きてはいない。長さ一メートルほどで、横たわったその上に500と黒ペンで走り書きした紙が置いてある。たしかに安い。でもいったいだれが買うのだろう。首を傾げるみなほの隣で、菊之助がスマホを鮫にむけ、何枚か写真を撮っていた。

「お買い得なんて言葉、よく知ってるねぇ」と美園が言う。

「お母ちゃんがよういうてるわ。スーパーいってもな、さかなとかにくとかすぐかわんでな。おかいどくんなるまでまつんや。そのあいだにセリナのおかしをこうてくれんねん。でも二百円よりたかいとおこられる」

「余計なこと言わんでええ」

「ヨケーなことあらへん」注意する父親に瀬里奈ちゃんは言い返す。「おかいどくはダイジなことや。一円をわらうものは一円になくってお母ちゃんいうとったで」

今日は十月第一日曜、雲ひとつない秋晴れで、そよぐ程度の風が気持ちいい。早先ヶ崎漁港での〈はた売り〉は午後三時にはじまる。日曜は平日よりも混むので、早めに乗りこんで欲しい魚を予約したほうがいいと赤星が言うので、午後二時に漁港の駐車場で待ちあわせとなった。

みなほは今朝、グックーと社宅を十一時にでて、まつざき農園に立ち寄り、果物ゼリーセットと梅焼酎《じょうちゅう》を買ってきた。赤星宅への手土産だ。そして漁港に辿り着いたのは、約束の十分前だった。駐車場はまずまずの混み具合で、停める場所を探しているあいだ、黒光りする4WDで待ち構える赤星と瀬里奈ちゃんを見つけ、やや離れた場所にグックーを停めた。瀬里奈ちゃんとは今日が初対面だ。それでも赤星に写真や動画を見せられていたせいで、そう思えなかった。

二時ジャストに真っ赤なワゴンRが到着、グックーの近くに停まって下りてきたのは美園に菊之助、そして典蔵だった。みなほが美園を誘うと、典蔵がオマケのごとく付いてくるのが当たり前になっていた。ふたりの自宅が徒歩で十分も離れておらず、高校だけではなく、幼稚園から小中学校もおなじだったのをみなほが知ったのは、つい最近だった。

漁港は思ったよりもこぢんまりしており、丘の斜面に沿って家々が密集して立ち並んでいるのが印象的だった。船の様子を家にいながら見守るためらしい。港を挟んだ断崖《だんがい》の上には真っ白な灯台がそびえ立っている。

漁港を歩いているあいだにも、漁船がつぎつぎと岸に着き、水揚げしたばかりの魚を船上で仕分けて陸に下ろし、箱に入れたまま並べていた。ただしまだ買えず、予約受付中で、まずは赤星の馴染《なじ》みの店というか漁船にむかっているところだ。

「赤星さん、鮫、捌《さば》けるんスか」と菊之助が訊く。

「さばけるにきまってるやろ」瀬里奈ちゃんが腰に手を当てて言う。「お父ちゃんはテンサイリョーリニンなんやで」

「天才は言い過ぎや」赤星は困り顔で笑う。「店をやっているときはよく捌いていた」

「鮫言うたらフカヒレですけど、肉はどやって食うのがうまいんスか」菊之助がふたたび赤星に訊《たず》ねる。

「刺身に湯引き、照り焼き、唐揚げ、ソテーなんでもござれや。アラの煮付けもいい。新鮮なうちに下処理すれば、鮫特有のアンモニア臭さもほとんどない」

「社員食堂でおかずにしたら、この一匹で何人前できます？」とみなほ。

「使いようによっては三、四十人前はいけるかと」

八十食だすとしても二匹で事足りる。一食当たり十二・五円。まさにお買い得と言っていい。たしか鮫の肉は鶏《とり》もも肉よりもカロリーが低く、肌の再生力を強めるビタミンB6、身体の代謝をよくして老廃物をだすビタミンB12、老化防止のビタミンEといった栄養素が多く含まれていたのではないか。

「マダイにアカイカ、足赤エビ、カマス、マルアジ、キス、ウボゼ、ガシラ、ホウボウ、タチウオ、マルハゲ」

五百円の鮫から離れて歩きだすと、瀬里奈ちゃんは店に並んだ魚を指差し、その名前を唄《うた》うように言いつづける。

「こっちのはサゴシ」

「サゴシいうのサワラにそっくりだな」

典蔵がぼそりと言ったのを、瀬里奈ちゃんは聞き逃さなかった。

「サゴシがおおきくなるとサワラになるんよ。これはツバスな。さきいうとくけど、これが大きくなっていくと、ハマチ、メジロ、ブリってなまえがかわってく、シュッセウオいうやつやねん」

「サバはあるかな」

「オッチャン、どこに目ぇつけてん？　サゴシのとなりにあるわ」

「オッチャンはひどい。ぼくはまだ二十九歳やで」

典蔵の不満を聞き流し、瀬里奈ちゃんは話をつづけた。

「サバはマサバとゴマサバがあるけど、これはマサバや。いまごろから冬にかけてがアブラがのってうまいんやで。それにな、ダイエットにきくって、お母ちゃんが言うとったわ。オッチャンみたいに、ひとよりぎょうさんシボーがついとるひとはたべたほうがええで」

「エイコサペンタエン酸のおかげやな」と言ったのは美園だった。「悪玉コレステロールを減らし、血液をサラサラにしてくれるおかげで、基礎代謝が高まって、ダイエットにもええわけや。でも体内ではほとんどつくれんから食物で補わなあかん。そやろ、日元さん」

「あ、はい」以前、食堂前のブラックボードに書いたことを、美園は覚えていてくれたのだ。みなほはうれしく思った。

「〈発酵だョ！全員集合〉に郷力さんを招いて熟《な》れ鮨《ずし》をつくるって忠信さんから聞いたけど、それにつかうサバを買うつもりかい？」

「はい」赤星に訊《き》かれ、典蔵が答える。「でもまだ撮影日が決まっていませんし、どんなサバがいいのかもわからないんで、今度また忠信さんや多恵子さんといっしょに買いにきます」

「瀬里奈ちゃんはえらい魚に詳しいのね」美園が言った。「さかなクンやなくてさかなチャンやな」

「しょうもないこといわんといて」瀬里奈ちゃんが口を尖《とが》らせる。「なんべんもここにつれてこられたら、いやでもサカナにくわしくなるわ。あたしかてユニバいきたいんよ。でもわがままいわんでガマンしとるんや。オヤコーコーなええ子やろ」

「冬休みに連れてくって約束しただろうが」と赤星がなだめるように言った。

「ほんまたのむで。もうだまされんからな」

「なにだまされたん？」と美園が訊ねる。顔をほころばせているのは面白がっているからだろう。

「お父ちゃんたら、ヒドいんやで。ちいさいころな、ユニバいくいうて、あたしをひらパーつれていってたんや。ほんまもんのユニバにいったともだちのはなしをきいとったら、ポケモンとかミニオンとかマリオがいたいうねん。あたしがみたのは、きくにんぎょうやったんで、おかしいおもったんや。そういうても、ひらパーもたのしかったし、またいってもええけどな」

いまでもじゅうぶん小さい瀬里奈ちゃんの話にみんなが笑う。しかしみなほはピンとこなかった。たぶん関東ならば東京ディズニーリゾートへいこうと言って、浅草花《あさくさはな》やしきに連れていかれたようなものなのかもしれない。それにしても、ひらパーなるところにどうして菊人形がいるのかまではわからなかった。

「トドロキマルのダンナさん。またきたで」

「よぉ、瀬里奈ちゃん。しばらく見んうちに大きぅなったな」

「まえのまえのニチヨーにもきたわ。そんなすぐ大きくなるかいな」

「はは。そりゃそうか」

トドロキマルが船の名前だった。店のうしろに停泊している船の脇に『轟丸《とどろきまる》』と書いてあるのが見えたのだ。

「おかみさんもこんちは」

「こんにちは」

「このふたりはフーフなんよ。ダンナさんはリョーシなんやけど、フーフでミンシュクもやってるんよ」

夫婦揃って三十代前半といったところか。漁師と民宿の女将《おかみ》にはとても見えない。どちらも下北沢《しもきたざわ》か吉祥寺あたりの若者の町で、古着屋でもしていそうな容貌《ようぼう》と雰囲気だった。

「なつやすみには、お父ちゃんとお母ちゃんとウチの三人で、とめさせてもらってん」

「古民家を改装したおしゃれな民宿で、船の名前からとって轟屋で、ご夫婦の名字もおなじトドロキやけど、車三つのやなくて、等しいが二つに力の等々力《とどろき》さんなんだ」

娘の説明を赤星が補足する。一昨日《おととい》に話していた知り合いの漁師の民宿だったわけだ。

「ふつうな、ダンナさんがとってきたサカナをおかみさんがばんごはんにだしてくれるんよ。それをお父ちゃんったら、かってにチューボーに入ってって、じぶんでばんごはんつくってしもうたんよ」

「勝手やない。俺にやらせてくださいって、ちゃんと断ったし、等々力さん夫婦にも食べてもろたやないか。お父ちゃんな、ええ食材を見ると、どうしても料理がしたなる性分なんや」

「どないなショーブンやねん」

言われてみればそうかもしれないとみなほは思う。社員食堂でもおなじだからだ。物流センターから仕入れたものよりも、白波町の畑でとれたばかりの新鮮な野菜を扱うときのほうが、赤星のテンションがあきらかに高く、調理に気合いが入っていた。

「そんときはなにつくったんスか」と菊之助。

「なんやったろ」

首を捻《ひね》る赤星の代わりに旦那《だんな》さんが答えた。

「ガンゾウヒラメのカルパッチョにエビジャコの天ぷら、アカッポのチンジョン、太刀魚のつみれ汁、沖サザエの炊き込みご飯、それに太刀魚の骨せんべいをつくっていただきました」

「よう覚えてくれてましたなぁ」

「どれも作り方を教えていただいたので、ウチの宿のお客様にちょくちょく提供しているんですよ。おかげ様でたいへん好評でして」

「トーゼンや。ウチのお父ちゃん、テンサイリョーリニンやからな。またこんど、リョーリをおそわったらええ」

「天才ではありませんが、料理について多少は詳しいほうなのでなんなりとお訊ねください」赤星は少ない前髪をいじりながら、照れ臭そうに言う。「いくらでもお教えしますんで」

「よろしくお願いします」旦那さんが言い、夫婦ともども頭を下げる。

「今日はなにがオススメ？」と瀬里奈ちゃん。

「断然、足赤エビですわ」旦那さんが指差したのは体長が二十センチはあるエビだった。一箱に十数匹は入っている。「今年のは身がプリプリしとるし、甘みも一段と強いと評判です」

「一箱なんぼんなります？」

赤星が訊ねた。まだ値札がついていなかったのだ。

「今日は二千円にしようかと」

「いくらかまからへんかな」赤星は旦那さんの顔を覗《のぞ》きこみながら言う。

「では千八百円で」

「もうひとこえっ」瀬里奈ちゃんが手をあわせて拝む。

「瀬里奈ちゃん使うのはこすいですわ、赤星さん」

赤星が命じたのではなく、瀬里奈ちゃんが勝手にやったことではある。それでも旦那さんは一箱千六百円にしてくれた。

「まだ他に予約しとくもん、ありますか」

「そやな」旦那さんに応じてから、赤星はみなほ達に言った。「みんなはどの魚がええ？」

「エンリョせんでエエで。お父ちゃんやったら、どんなサカナでもおいしくリョーリするで」

「私、コウイカ好きなんですけど、赤星さんやったらどう料理します？」美園が訊《たず》ねた。

「刺身でもじゅうぶんイケる。一手間加えるならば、やっぱ、ワタ炒《いた》めかな。イカから抜いたワタに醬油《しょうゆ》と酒をちょっと混ぜて、胴は輪切り、ゲソは一本ずつ切り離し、フライパンでさっと炒めるだけでええ」

聞くだけでうまそうだ。

「これ、マダイッスか」

菊之助が指差す箱には、タイによく似ているが、手のひらサイズの魚が数匹入っていた。

「まだチャリコなんで、一箱八百円にしときますよ」と旦那さん。

「まだチャリコってどういう意味です？」

「二さいまでがチャリコ、二さいから三さいがカスゴ、三さいより上がマダイや」みなほの疑問に、瀬里奈ちゃんが答えてくれた。「ちっこくてもタイはタイやからな。そうや、ええもん見せたる」

瀬里奈ちゃんがフカキモノの口からキーホルダーを取りだすと、みなほに渡した。

「よう見て」

キーホルダーには細長い直方体で透明な樹脂が付いていた。その中になにやら入っている。

「骨？」

「そうや。チャリコのほねなんやけど、カタチがタイにそっくりやろ」

言われてみればそう見えなくもない。

「鯛《たい》の鯛と言いましてね。胸びれを動かすための骨がふたつ繋《つな》がっているんですよ。丸い穴が開いて、目に見えるほうが肩甲骨、尾っぽみたいに先が尖っているのが、烏の口と書いて烏口骨《うこうこつ》と言います」赤星が丁寧に教えてくれた。「つまりタイにかぎらず、どんな魚にもある骨ではあるのですが、めでたい鯛の中の鯛なので、昔から縁起がいいとされていまして」

「このまえウチでチャリコをたべたとき、二コ見つけたんよ」胸びれは左右にあるので、一匹の鯛から二個取れるわけだ。「一コずつ、お母ちゃんにこうしてカタめてもらってな。もう一コは赤ちゃんが生まれてきたときにあげるんや。いちばんさいしょのたんじょうびプレゼントや」

みなほが返すと、瀬里奈ちゃんは大事そうにフカキモノにしまう。

「チャリコはシオふってグリルでやくだけでもウマいし、につけやみそしるにしても、ダシがよくでてウマいで。タイメシにもできる。ウチがお父ちゃんにおそわった食べ方はレモンむしや。ウロコおとして、はらわたとエラをとったら、おさらにのせて、だしこんぶとスライスしたレモンをのっけて、おサケをひとふりして、シオかけて、ラップして、デンシレンジで三、四ぷんチンするんよ。なんもつけんと、そのまんまでじゅうぶんオイシイで。タイのタイも見つけやすいしな」

「お嬢ちゃんの話を聞いてたら食べとうなってきたわ」

そばにいた見ず知らずのオジサンがそう言うとチャリコを一箱予約していった。私も頼むわとべつの客も言いだす。するとと菊之助も慌てて「俺も」と言った。

「瀬里奈ちゃん、商売上手やなぁ。今日一日、店、手伝ってくれへん？」

「きょうはお父ちゃんのてつだいせなあかんのや。またこんどな」

女将さんの冗談交じりの誘いに、瀬里奈ちゃんは真顔で断った。

「唐揚げなら、どの魚がいちばんですか」

「それはただ単に唐揚げが食べたいだけやろが」美園が典蔵にツッコむ。「魚に失礼やと思わんのか。いまさっき瀬里奈ちゃんに、ぎょうさん脂肪ついとる言われたばっかりやろ。それに社員食堂の入口のボードに唐揚げはメタボの天敵って書いたったやん。読んでないの？」

書いたのは、みなほである。十月の月間テーマは〈メタボよ、さらば！〉なのだ。

「そんな怒らんでも」と赤星がなだめるように言う。「我が家で使ってる油は悪玉コレステロールを減らす効果がある米油なんだ。加熱してもその効果は変わらんから心配せんでもええ。そうやな、唐揚げやったらカマスに太刀魚、キスもええかな。ホウボウやガシラなんかは丸揚げにして、甘酢あんをかけたら絶品や」

「ガシラやったらありますよ」

旦那さんが発泡スチロールの箱を差しだしてきた。その中には、二十センチの身体のわりには大きめで、えらくトゲトゲしいヒレを持った魚が数匹いた。

「ガシラはこっちの呼び名で関東だとカサゴです」

「そうなんですね」

赤星が教えてくれたものの、カサゴでもみなほはよくわからなかった。少なくとも食べた記憶はない。たぶんお目にかかるのは、いまがはじめてだ。

「日元さんはいいんスか」

「うん、ああ」菊之助に訊《き》かれ、どう答えていいものか、みなほはオタオタしてしまう。

「あんまりいろいろあるもんだから」

「目移りしちゃうよね」と美園。

ちがう。あまりの種類と数の魚を目の当たりにして、圧倒されていたのだ。埼玉や東京のスーパーやデパートで買う魚なんて、サケやサバ、タラにサンマ、アジ、ブリ、カツオなど十数種類にも満たない。社員食堂で提供する魚にしても似たようなものだった。これでは選ぼうにも選べない。

あ、そうだ。

赤星が等々力夫婦の民宿に泊まった際につくったという料理は、聞いたことのない魚の名前の料理ばかりなのになぜか、どれもおいしそうだった。その中でもとくに得体の知れない料理について、みなほは訊ねてみた。

「アカッポのチンジョンっていったいどんな？」

「アカッポはこれやで」

瀬里奈ちゃんが指差したのは、名前どおり派手な赤色の魚だった。ガシラだかカサゴだかと変わらぬ大きさである。

「チンジョンは中国語で、漢字だと清いに蒸すと書きまして」赤星が説明をしだす。「アカッポをまるまる一匹、せいろで酒蒸しにして、醬油ベースの甘辛たれをかけ、細く縦切りにしたネギと生姜《しょうが》をこんもり載せ、お店やったらその状態で、お客さんのとこへ運ぶんですわ。そいで熱々に熱したごま油をそのうえにかけていけば、ジュウウウウという音とともに、ええ香りが漂ってきまして」

想像するだけで、みなほの口の中ではツバが湧きでてきた。父子《おやこ》揃って、料理についてウマそうに話すのが長《た》けている。

「ウチの宿でもそれをやると、お客さんから歓声があがります」と女将《おかみ》さん。

「それ、つくっていただけますか」

「もちろんです」赤星はにっこり微笑む。

「おかみさん、フダちょうだい」

「はい、どうぞ」

〈轟丸 25〉と記された札をもらうと、瀬里奈ちゃんは首にさげたフカキモノの口を開き、中に入れた。三時に店が開いたら、札と引き換えに魚を受け取る。支払いはそのときらしい。

「それにしても赤星さん、今日はお若いひと達を引き連れて、どうなさったんですか」

「このひとたちはお父ちゃんのナカマや」

旦那《だんな》さんに瀬里奈ちゃんが答える。

「社員食堂で働いている話、しませんでしたっけ」

「以前、聞きました」と旦那さん。「そちらの方々?」

「そうです。この港で魚を仕入れたらどうかいう話が持ち上がりましてね。今日はまあ、下見ってところです」

「社員食堂ともなると、けっこうな量が必要でしょう。ここやったら新鮮で安い魚がいくらでも手に入るんでうってつけです。ぜひ協力させてください」

「こちらこそよろしくお願いします」

赤星は深々と頭を下げる。みなほもそれに倣う。菊之助に美園、そして典蔵もだ。

はた売りがはじまる三時までまだ時間があった。記念にみんなで写真、撮りませんかと提案したのは典蔵だ。なんの記念なのかはわからないが、だれも異議を唱えなかった。

「それやったらあそこまでいって、とらへん？」瀬里奈ちゃんが指差したのは白い灯台だった。「あの上がぜっけースポットで、まえにもお父ちゃんとお母ちゃんの三人でシャシンとったことあるんや。チョーバエるで」

かくして港から離れ、いまは丘の斜面に家々が立ち並ぶ集落を歩いていた。いや、のぼっていたと言うべきだろう。なにせのぼりの階段と坂ばかりなのだ。しかも狭い。ふたり横並びでいっぱいなほどである。

「日元さんにちょっと訊きたいことがあるんですけど」

菊之助が話しかけてきた。いつの間にか隣を歩いていたのだ。

「なに？」

「東京ってどんなところッスか」

あまりに漠然とした質問に、みなほは戸惑ってしまう。横目で見ると菊之助は真剣そのものだ。これはきちんと答えてあげねばと考える。

「私にとっては勝負の場所だったな」

「どういう意味です？」

「実家の埼玉から東京へいくときは、いつも気合い入れてがんばらなきゃって心のどこかで思ってた」

「それって疲れません？」

「いつもヘトヘトだった」みなほは笑った。「帰りの電車ん中、荒川を渡って埼玉に入るとホッとしたくらい」

さすがにそこまでではない。話を盛り過ぎてしまったとみなほは少なからず反省する。

菊之助が真に受けて、厳しい顔つきになっていたからだ。

「アイツ、そんなとこでやっていけんのかなぁ」

「アイツって？」

「友達です」

「いっしょに釣りにいった？」

「そうです。夜遅くまでオンラインゲームにもつきあってくれて」

おんなじ子だったのか。

「三ヶ月の高校生活で唯一できた友達なんです。学校へいかなくなったら、心配して何度もウチにきてくれて学校をやめちゃったあとも連絡取りあって、いまでもなかよくしてもらってるんスよ。俺よりずっと頭よくって、東京の大学を目指して、今日も予備校で勉強しているんです」

友達が心配なのか。それは申し訳ないことをした。

「いま言ったのは、あくまでも私にとっての東京だからさ」と言いながら、みなほは東京のイイところを考える。でも頭に浮かぶのは朝マックやスタバの季節限定のフラペチーノ、ミスドのポン・デ・リング、サーティワンのポッピングシャワー、それに麻布十番のスイーツばかりだった。

もっとイイところ、あっただろ、私。

「ほら、典蔵っ。しっかりしろっ。こんくらい歩けんとどうする？　昔はバスケ部の練習で、高校の前の坂道をダッシュで往復してたやないか」

美園だ。いまのぼっている坂道のだいぶ下の方で、典蔵が膝《ひざ》に手をつけ、立ち止まっているのが見えた。

「だいじょうぶかな、典蔵さん」

そう言うと菊之助は坂をくだっていく。少しも疲れを感じさせない、軽快な足取りだった。すると入れ替わるように、瀬里奈ちゃんが、みなほのところへ駆け寄ってきた。なにかと思いきや、横に付くなりこう言った。

「ヒモトさんのくるま、かわいいなぁ」

「ありがと」いきなりなんだと思いつつも悪い気はしない。グックーに代わって礼を言った。

「なんかにてるなぁって、ずっとかんがえてて、いまきづいたんで、いいにきたんよ。

ウチな、『オバケデイズ』っていうアニメがすきなんやけど、あのくるま、それにでてくるグックーいうキャラにそっくりなんよ」

「だよね。私もそう思う」みなほはつい力んで言ってしまった。

「『オバケデイズ』見とるんか」

瀬里奈ちゃんが目をまん丸に見開く。いいオトナが見ているのが意外なのかと思ったがちがった。同志を見つけ、よろこんでいるらしい。キラキラと目を輝かせ、みなほに訊《たず》ねてきた。

「きょうのあさのも見たん？」

「見たよ」隠す必要もないだろうと思い、みなほは正直に答える。『オバケデイズ』は日曜朝九時からの放送なのだ。「〈ダイダラボッチの怪〉の巻でしょ」

「ムラであばれて、わるいヤツかとおもったダイダラボッチが、ほんまはこころやさしいオバケで、ニンゲンとなかよくなりたかっただけやったいうのに、なかせられたわぁ」

みなほも泣いた。『オバケデイズ』に登場するオバケ達はただの悪者ではなく各自、哀れで悲しい事情がある。主人公のエンリョーくんがそれを見抜き救う。そこに仇役《かたき》のドクター・ラヴクラフトがあらわれ、邪魔立てするばかりかオバケを操って、悪事を働かせようとする。今回はダイダラボッチがその毒牙《どくが》にかかるところだったのだ。

「ほんまドクター・ラヴクラフトはゆるせん」瀬里奈ちゃんは鼻息を荒くし、首に下げたフカキモノを両手で持つ。「この子たちもドクター・ラヴクラフトのマホーにあやつられて、わるいことをさせられてるんや。かわいそうになぁ」

「お父さんも見るの？」

「ウチはかぞくみんなで見るで。お父ちゃんなんてな、エンリョーくんはええことをいうって、いつもうなずいとるわ」

やはりそうか。

「そういえばシャインショクドーに、ドクター・ラヴクラフトみたいなオバチャンがおるって、お父ちゃんいうてたけどほんま？」

郷力にちがいない。顔はさほど似ていないが、にんまりと笑う表情などそっくりだ。赤星が家族の前で、そんな陰口を叩《たた》いていたのかと思うとおかしくて、みなほは口元が緩んでしまう。

「お父ちゃんがいうには、ヒモトさんはエンリョーくんみたいなもんやて」

「私が？」

「たったひとりで、ドクター・ラヴクラフトにいどみ、かってもおごらず、まけてもくじけないところがにてるって」

勝ったことなどない。負けてばかりでくじけなくても、いじけている。

「そしたらお父ちゃん、お母ちゃんに怒られてたわ」

「どうして？」

「ヒトゴトみたいにいうてないで、その子をたすけなあかん。エンリョーくんかて、さいしょはひとりやったけど、ナカマがふえたからこそ、あそこまでがんばれてるんやろって」

「それっていつだったか、おぼえてる？」

「はっきりはおぼえてへんけど、なつやすみやったとおもう」

厨房《ちゅうぼう》で郷力と揉《も》めたとき、いきなり赤星が仲裁に入ってきたのは二ヶ月ほど前、八月のアタマだった。もしかしたら奥さんのおかげかもしれない。

「素敵なお母さんね」

「そりゃそうや」瀬里奈ちゃんが自慢げに言う。心持ち胸を張ってもいた。「ウチのお母ちゃんやもん」


白い灯台は思ったよりも高かった。四階か五階建てのビルほどはあるだろう。螺旋《らせん》階段をのぼって、展望スペースにでたとき、みなほは息を飲んだ。

澄んだ青空と少し黒みを帯びた紺色の海が水平線でくっきりと分かれ、鮮やかなコントラストをなしており、現実とは思えない美しさだったのだ。埼玉の住宅街で暮らし、東京都心で働く日々ではぜったいお目にかかれないのは間違いない。

「ヤッホォォォォオオォ」

「瀬里奈、山やないんやから」

赤星が娘に注意する。でも瀬里奈ちゃんの気持ちがわからないでもない。できればみなほも大きな声をだしたかった。それだけ気持ちが開放され、昂揚《こうよう》していたからだ。

白波町に引っ越して九ヶ月以上、いわゆる観光名所や絶景スポットを素通りするだけで、足を運んでいない。ただ単に食わず嫌いならぬ見ず嫌いなだけだった。でも改めたほうがいいかもと少なからず反省する。

「すげぇなぁ」

菊之助はスマホを海にむけ、写真を撮っている。みなほもバッグからスマホを取りだそうとしたが、やめておいた。この絶景をちっぽけなスマホに詰めこむのは無理だと思ったのだ。ならばじっと見つめて、目に焼きつけておいたほうがいい。

「みなさん、お待たせしましたぁ」

美園があらわれた。そのうしろから汗だくの典蔵がついてきている。歩いているあいだは遂《つい》に距離は縮まらず、十分以上遅れて、いまようやく到着した。

「遅れて申し訳ありません」

典蔵が大きな身体を縮こませて詫《わ》びる。

「気にせんでええ。大切なのは諦《あきら》めない心や」

「お父ちゃん、それ、きょうのあさ、エンリョーくんがいうてたセリフやないか」

なにはともあれ、記念写真を撮ることにした。まだ肩で息をしている典蔵を美園が手伝う。彼のバッグから三脚を取りだし、自分のスマホを取り付け、さらには青空と海を背景に、みんなの立ち位置まで決めていた。

「ではいいですかぁ。タイマーを十秒にして、私、そっちいきますんで。はい、10、9、8、7」数を数えながら美園が駆け寄ってくる。「6、5、4、はい、チーズッ」

スマホがぱしゃりとシャッター音を立てた。

「瀬里奈ちゃん、これかな」

「そうや。それそれ」

みなほが箸《はし》でつまんでいるのは鯛《たい》の鯛だ。食べおえたチャリコのレモン蒸しの中から探しだした。そぉっと準備してあった小皿に載せる。さらにもうひとつ、見つけることができた。

「お母ちゃん、これ、ヒモトさんのために、ウチのキーホルダーみたいにしてあげてくれへん？」

「そんな。自分でやりますんで」

「日元さんは透明樹脂をつかって、なんかつくったことあるん？」

瀬里奈ちゃんの母親、つまり赤星さんの奥さんが訊ねてきた。来月が出産予定だけあって、お腹はだいぶせりだしている。

「いえ、そういうのはまったく」

「だったらお母ちゃんにまかせたほうがええで。シシューとかアクセサリーとか、こまかいもんつくるのがメッチャとくいなんよ」

「生まれつき手先が器用なだけなんです。他に取り柄がなんにもなくて」

そんなひとが信用金庫で重要なポストを任されるはずがないと思いつつも、「ではよろしくお願いします」とみなほは頼んだ。

その職種からバリバリのキャリアウーマンみたいな女性を想像していたが、まるでちがう。色白で気品溢《あふ》れた容姿に穏やかな口ぶりが、浮世離れした雰囲気を醸しだしている。なに不自由なく育てられたいいトコのお嬢さんっぽい。その点では金勘定より刺繍《ししゅう》やアクセサリーをつくっていたほうがピッタリだ。そんな彼女と赤星がどこでどう出逢《であ》い、どんなふうに恋に落ちたのかは、まるで想像がつかなかった。

記念写真を撮りおえたあと、白い灯台をおりて、港に戻ったところで、ブザーに似た音があたりに鳴り響いた。ちょうど三時で、はた売り開始の知らせだった。等々力夫婦から予約の魚介類を受け取り、赤星が持参したクーラーボックスに詰めこんだ。赤星が全額支払ってくれたのだが、それでも五千円でお釣りがくる額だった。

クーラーボックスはキャスター付きで、ウチがはこぶと瀬里奈ちゃん自ら買ってでて、ひとりで駐車場まで押していけた。その途中で赤星は二、三の店に立ち寄り、さらにいくつか魚を買い足した。まわりを見ると、バケツ片手に訪れているひとが目立った。赤星の話では地元住民の常連だという。言われてみれば、よそものと言っていい自分達が浮いている気さえした。

赤星のマンションには先ヶ崎漁港から車で三十分ほどで辿《たど》り着いた。県庁所在地の東寄りで、みなほの社宅周辺より民家など建物の数は圧倒的に多いが、住宅街と呼ぶほどには密集はしていなかった。マンションは五階建てで、赤星一家の住まいは三階の東南角だった。

出迎えてくれた奥さんの案内でキッチンとリビングに仕切りがない、十畳以上はある広々とした部屋に入るなり、みなほは驚きに危うく声をだしそうになった。その真ん中に、グックーがいたのだ。高さ四十センチほどのテーブルで、楕円《だえん》形の天板に空を見上げるグックーが描かれており、その足はグックーの足を模したカタチになっていたのである。

みなほは『オバケデイズ』のグッズをネットでちょくちょくチェックしていた。だがこんなテーブルは見たことがない。どこで手に入れたのか、瀬里奈ちゃんに訊《たず》ねると、このあいだのクリスマスにサンタさんがプレゼントしてくれたんやと言う。羨《うらや》ましいかぎりだ。しかしそんな素敵なサンタクロースはどこにいるのと問い詰めるわけにもいかなかった。

「はい、日元さんのリクエスト、アカッポの清蒸《チンジョン》ができあがりましたぁ」

そう言いながら菊之助がキッチンからきて、テーブルの真ん中に大皿を置く。そこにはせいろで蒸したばかりのアカッポが三匹並び、細切りしたネギと生姜《しょうが》が、みなほの想像した三倍以上盛られていた。

「いまから熱々のごま油をかけます。はねたら危ないんで離れててください。いきますよぉ」

菊之助は右手に持った小鍋《こなべ》を大皿の上で傾ける。黄金色の油がネギと生姜に注がれていき、ジュジュジュワァァァアアと音が鳴った。すると芳《こう》ばしい匂いが香り立ち、あたりに広がっていく。

「こりゃたまらん」

だれよりも先に典蔵が箸をつけようとする。その手を美園が叩いた。

「痛っ。なにするんや」

「なんでいちばん先に手ぇだすん？　いま菊之助くんが言うたやろ。これは日元さんのリクエストやから、日元さんが最初に食べるの。ちょっとは遠慮せぇ」

美園の顔は真っ赤だった。酒のせいだ。赤星の家にあった発泡酒の三五〇ミリリットル缶を二本呑《の》んだあと、みなほが土産に持ってきた梅 焼酎《じょうちゅう》をロックでひとりで呑みだしてしまい、三分の一減っている。遠慮をするのはあんたのほうだよと言いたい。

赤星は自宅に着くなり、一息入れることなく、クーラーボックスをキッチンに運びこんだ。そしてときどき菊之助を呼びつけ、魚の下拵《したごしら》えをやらせたり、できあがったものを運ばせたりはするが、一時間以上延々と、ひとりで調理をつづけている。味見こそすれども、リビングにきて、自分がつくったものを食べようとはしなかった。奥さんによれば、みなほ達にかぎらず、だれを自宅に招いてもおなじらしい。

本人は楽しんでやっているんで、どうぞお気になさらずに。

奥さんの言うとおりだ。キッチンに立つ赤星はとても楽しげで、浮かれているようにさえ見えた。

最初にでてきたのは足赤エビの刺身とマルハゲの薄造りだ。マルハゲのほうはその肝を醤油《しょうゆ》に溶かし、身にかけて食べた。どんな魚か、スマホで検索してみると、関東でいうところのカワハギだった。

コウイカの肝炒《いた》め、チャリコのレモン蒸し、ガシラの丸揚げトマト甘酢あんかけとつづき、ふたたびでてきた足赤エビは塩焼きだった。そしてアカッポの清蒸の登場だ。だいぶお腹が満たされてきているのに、こうして新たな品がでてくると、食べねばという欲求にかられてしまう。カロリーだのなんだの、栄養士としての職業意識はどこかへぶっ飛んでいく。

なにはともあれ、自分が食べないことには典蔵はお預けをくらったままなので、みなほは箸でアカッポの身をほぐし、ネギと生姜とともに口へ運び入れた。

「おいしい」気づけば声がもれていた。

「気に入ってくれました、日元さん？」

キッチンから赤星が訊ねてきた。ただしこちらは見ておらず、タンタンタンと包丁を鳴らして、なにやら切っていた。

「サイコーです。ありがとうございます」

「やっぱ、お父ちゃんはテンサイリョーリニンやなぁ」

チャリコのレモン蒸しもおいしかったが、こちらはせいろで蒸したぶん、身がふっくらしている。皮目のゼラチン質がたまらなかった。赤星にすれば計算ずみなのだろう。彼が平日につくるまかないはたしかにうまい。だが今日のはさらにハイレベルだ。武則と食べたドヤ顔料理なんて足元にも及ばない。一口ではとても足りず、二口三口と食べ進めてしまう。すると典蔵だけでなく、他のみんなもつぎつぎとアカッポに箸を伸ばしてきた。

なんでですか。なんで赤星さんほどの腕の持ち主が、社員食堂なんかで働いとるんです？　宝の持ち腐れもええところやないですか。

河内山が言った言葉がみなほの脳裏をよぎる。あのときは、社員食堂のどこがあかんの？　と怒りを露《あらわ》にした郷力に賛成だった。だがこれだけの料理をつくれる人物を、紀伊半島の片隅にある会社の社員食堂に埋もれさせておくのは勿体《もったい》ないどころか、罪にさえ思えてきた。だからといって、みなほには為《な》す術《すべ》はない。これが赤星が選んだ人生なのだ。

アカッポは瞬く間に骨だけになっていく。するとスマホの着信音が鳴った。瀬里奈ちゃんと調理中の赤星以外は一斉に自分のスマホを確認する。鳴っていたのはみなほのだった。画面には登録されていない携帯電話の番号がでている。

となればこれは。

「ヒヨコ家具の日元さんけ？」聞き慣れない男性の声が耳に飛びこんできた。

「はい、そうです」ヒヨコ家具ではなく、ウマカフーズですけどねとはいちいち訂正はしない。「どちら様でしょう？」

相手は白波町の農家で面識がないひとだった。パートの佐藤のお兄さんからみなほのスマホの番号を聞いたそうで、来週の土曜にさつまいもの収穫を手伝ってほしいという依頼だった。できれば五、六人連れてきてくれれば助かるんやけどとまで頼まれてしまった。

「私はいけますが、それだけのひとが集められるかどうか」

「そこをなんとか」

やれやれ、困ったな。

真琴さんが協力してくれるおかげで、白波町および近辺の農家から、さまざまな野菜を入荷できるようになった。そして少しでも仕入れ値を下げるため、現地までグックーと受け取りにいく回数が多くなり、収穫の手伝いもするようになったのである。

なおかつ見ず知らずの農家からみなほのスマホに、ウチにもきてほしいと電話がかかってきた。手伝いにいった農家がみなほの番号を勝手に教えてしまうのだ。個人情報もへったくれもない。それでも無下にもできないし、土日にこれといった予定もないので引き受けていた。

「来週の土曜だったら、俺、いけますよ」

電話を切った直後、菊之助が言った。スピーカー機能にしなくても、相手の声が丸聞こえで、話の内容がわかったのだろう。

「悪いけど私達はあかんで」誘う前に美園が断ってきた。「その日、用事があって、こっちにはおらん」

ん？　私達って言ったよな、いま。達ってことは、とみなほが考えていると、「ひとつ提案があるんですが」と典蔵が手を挙げた。

「社員食堂の出入口の前に、その日の献立の栄養素とかが書いてある黒板がありますよね。あそこで社員に募集をかけてみたらどうです？　大半のひとが休日に暇を持て余していると思いますし」

「冴《さ》えとるな、典蔵。グッドアイデアや」

美園が典蔵の大きな背中をばんと叩《たた》く。酔っ払っているため、手加減せずに力任せだったのだろう。典蔵が痛みに顔をしかめた。

「だけどそういうのって、ヒヨコ家具の社内でちゃんと話しあって決めるべきことでしょ？　勝手にやったら叱られちゃうって」

「陽々子社長って、社員食堂の女子更衣室へ昼寝しにいってるやないですか。そんときにでも日元さんが直訴すれば一発です」

「昼寝のこと、なんで知ってるんです？」みなほは典蔵に聞き返す。

「社員全員知らないふりしているだけです」

そうだったのか。

「ウチもいくでっ」瀬里奈ちゃんがみなほの顔を覗《のぞ》きこむようにして言った。「このあいだ、ショーガッコーで、イモほりにいったばかりやさけ、じょうずにできるで。なんやったらシャインさんたちにおしえてあげてもええ。それにジブンでとったオイモはめっちゃオイシイしな」

勘弁してくださいよ。酒臭いったらありゃしない。このひとの息を嗅《か》ぐだけで、こっちが酔っ払っちゃいますって。

グックーが不平を洩《も》らす。

「だからって、高速道路に放りだすわけにもいかないでしょ」

そりゃそうですけどね。

天才料理人、赤星によるフルコースのラストを飾ったのはコウイカのイカ墨炒飯《チャーハン》だった。お腹がパンパンでも茶碗《ちゃわん》一杯分、ぺろりと食べてしまった。しばらく食休みをしてから、午後七時過ぎには赤星宅をでた。すると日元さんに話したいことがあるんよと、美園がグックーに乗りこんできたのである。そのくせ五分もしないうちにすぅすぅと寝息をかきはじめ、高速道路に入ったいまも起きる気配はない。彼女の真っ赤なワゴンRは典蔵が運転しており、高速道路に入るまではいっしょだったが、とうに見えなくなっている。典蔵は菊之助を自宅に送ってから美園のウチにむかうとのことだった。

「東京に未練などないわ」

美園が突然叫んだ。グックーとみなほだけでなく、美園自身も驚いたらしく瞼《まぶた》を開いた。

「こ、ここは」

「私の車ん中ですよ」

「あ、ああ。そっか」美園は口の右端を手の甲でこすった。少しよだれがでていたのだろう。「私、なんか寝言言ってなかった？」

「東京に未練などないわって」

「やっぱそうか。いま私、夢ん中で郷力さんと喧嘩《けんか》してててな。あのひとがなに言うてるかは、さっぱりわからんかったんよ。でも腹が立ってそう言い返したら目が覚めたんだ」

「災難でしたね」

他に言葉が見つからず、みなほはそう言った。

「酒臭くない？」

あんたのせいですよとグックー。それが聞こえたはずがないのに、美園は自分の身体をくんくんと嗅ぎだした。

「やだ、私のせいか」

美園は窓を半分ほど開く。冷たい風が吹きこんできたものの我慢はできる。しばらく沈黙がつづいていたが、やがて美園がぽつりと言った。

「ほんとは私、郷力さんが言ってたとおりでさ。東京に未練タラタラだったんだ」

みなほさんに話したいことがあるって、これじゃありません？

グックーに言われ、みなほは耳をすます。

「妻子持ちの男に騙《だま》され、こっちに戻ってグズグズしてたら二十代も残り僅《わず》か、このままだと白波町で燻《くす》ぶって人生がおわってしまう思ったら、ゾッとしてきてな。せやさけ、三ヶ月くらい前から平日の休みには東京へいって就職活動しとってん。ほいたら三日前、高級ブランドの既製服をつくる縫製メーカーで、パタンナーとして採用が決まったんよ」

素晴らしいっ。よかった、よかった。

グックーは大はしゃぎだ。みなほもなぜか、我が事のようにうれしかった。

「おめでとうございます」

「ありがと。東京言うても二十三区やなしに、だいぶ西寄りにある会社なんやけどな」

「むこうへはいつ？」

「それを日元さんに相談しようと思ってな。あちらさんは年内ならば、こっちの都合のええときでええと言うてくれてるんや。だから十二月の早い時期には」

「わかりました」

「ごめんな。勝手なことして」

「とんでもない。美園さんの人生です。好きにやらなきゃ、なんのために生きているか、わかりませんもんね」

みなほさんはどうなんです？　人生、好きにやってるんですか。

「うっさいなぁ」

グックーに言った言葉をつい口から洩らしてしまう。

「なに？」

「な、なんでもないです」みなほは慌てて話題を逸《そ》らす。「美園さん、つぎの土曜に用事があるのは、いまの話となにか関係が？」

「住まいを探しにいくんよ。不動産屋に内見の予約をしとってな」

「私達と言ってましたよね。どなたかといっしょに？」

「え？　達って言ってた？　ほんとに？」

「はい」どうやら無意識に言ってしまったらしい。

「日元さんならええか」独り言のように呟《つぶや》いてから、「典蔵も来年早々に東京なんよ」

と言った。

「ヒヨコ家具を辞めるんですか」

「じゃなくて、今度できる東京支社の支社長に抜擢《ばってき》されたんやて。典蔵が東京にいくからいうて、私もついてくってわけやないで。偶々《たまたま》、重なっただけやからな。誤解したらあかんで」

そんなに力んで言わなくても。

「でもいっしょに部屋を探しにいくのは、つまりいっしょに暮らすわけですよね」

「シェアや、シェア。東京は家賃が高いからな」

これ以上、なにをどう訊《き》いても、典蔵との仲は認めないだろう。しかし美園を横目で窺《うかが》うと、頬が緩んでいるのがはっきりとわかった。

「あっ、それで思いだした。日元さん、メタボを抑制する食材とか料理とか教えてほしいんやけど」

はいはい、わかりました。

V　地産地消でいこう！

「うわっ」

　みなほは悲鳴をあげてしまう。右足が滑って、あやうくコケかけたのだ。周囲にひとがいなくてよかった。いや、よくない。ここでスッ転んで怪我などしようものなら、だれにも助けを求められない。

　平地ではあるが、岩場でそこかしこに段差がある。しかも潮が引いていなければ海の中なので、岩は乾かずに濡《ぬ》れたところが多い。いま滑ったのもそのせいだ。

　ひとりでくるんじゃなかったな。

　だれか誘えばよかったとも今更ながら後悔した。だがもう遅い。ここまできて引き返すのも悔しい。へっぴり腰で一歩一歩、ビクつきながら進んでいくしかない。私の人生みたいだなとみなほは思う。諦《あきら》めが悪いのもまさにそうだ。

　先ヶ崎漁港へはじめていった際、白い灯台で見た絶景に感動し、いままで見ず嫌いだった観光名所や絶景スポットに足を運ぼうとは思ったものの、実行に移すことができたのは、ほぼ一ヶ月後の今日、十一月第二日曜だった。

まずは近場にいってみようと昨夜、ネットで検索してみると、白波町には洞窟《どうくつ》が二カ所あるのがわかった。社宅はそのほぼ中間点で、どちらへいくのもグックーで二十分前後の距離だった。

一カ所は源平《げんぺい》合戦で活躍した水軍が船を隠すために使ったといわれる洞窟だ。地下三十数メートルにあり、エレベーターに乗っていくらしい。本格的な公式サイトとインスタグラムまであって、観光客向けにきちんとアピールされていた。営業時間は朝八時から午後五時、いまの季節はそのあと二時間延長し、プラネタリウムやプロジェクターなどで、洞窟内をライトアップするそうだ。

もう一カ所はここまで観光地化されていない、知る人ぞ知る洞窟だった。高さ約十メートル奥行き約二十メートルのほぼおなじ穴がふたつ横並びにあって、鼻穴《はなあな》洞窟と呼ばれているという。海岸を歩いていくのだが、潮位が八十センチ以下の干潮時でなければ、岩礁が露出しておらず、辿《たど》り着くことができないらしい。

早速、翌日の潮位を調べてみたところ、午前五時から九時のあいだだった。朝のうちにこちらへいき、その足でもうひとつのほうへと、洞窟のハシゴをしてみることにした。『オバケデイズ』は録画予約をしておいて帰ってきてから見ればいい。

今朝は三世代前のスマホが流すレイ・パーカー・ジュニアの『ゴーストバスターズ』で目覚め、朝食をきっちり摂《と》って七時前にはグックーと社宅をでた。国道を南下していくと、右手に麦わら帽子に似たカタチの屋根の建物が見えてきた。異国の宮殿のようでもあり、人目を引く外装なので、なんだろうと思っていたが、今回はじめて道の駅だと知った。鼻穴洞窟へいくには、そこの駐車場にグックーを停めていかねばならなかったのだ。

いってらっしゃい、どうぞお気をつけて。

グックーに見送られ、みなほは海岸沿いの道を歩いていった。方向としてはいまきた国道を横目に見つつ、引き返すことになる。やがて両脇に青い線が引いてある道に入った。サイクリングロードらしいのだが、進めば進むほど海と離れていくだけでなく、道は上り坂になり、森の中へ分け入っていき、早朝だからかもしれないが、自転車どころか人っ子ひとり見当たらなかった。

はたしてこの道で正しいのかといささか不安になる気持ちを見透かしたかのように、〈→鼻穴洞窟　８００M〉という案内板があらわれ、ホッと胸を撫《な》で下ろす。ご丁寧にも〈途中、満潮時には水没する箇所があります。お越しの際は、事前に潮位をご確認ください〉と注意書きまで記されていた。

下り坂になった道を黙々と進むと目の前に突然、海が広がった。その色の美しさにみなほは驚く。鮮やかな深緑色なのだ。海岸は見渡すかぎり石畳で、千畳敷と呼ばれる地形らしい。メジャーなほうの洞窟の近くにも、やはり千畳敷があって観光客がたくさん押し寄せているそうなのだが、ここはみなほひとりきりだった。

なんかつくりものっぽいな。

諦めの悪い性格のおかげで辿り着けた鼻穴洞窟を前にして、みなほはそう思った。何千万年もの歳月をかけ、ゆっくりと波に浸食されてできあがったという理屈はわかる。しかしどうしても遊園地のアトラクションか、SF映画のセットに見えてしまう。いまいち現実味がないのは、この歳まであまり自然と接してこなかったせいかもしれない。

崩落の恐れがあるので、洞窟の中に入るのは控えてくださいと、地元の観光協会などは呼びかけている。しかしSNSでは洞窟の中で撮った写真や動画がいくらでもアップされていた。

ここまできたんだ。もうちょっと近寄って、中をのぞいてみよう。

足元に気をつけながら、さらに進んでいったときだ。

ブゥゥゥゥンッ。

なんだ、この音？

立ち止まって耳を澄ましていると、みなほに近いほうの穴から小型のドローンが飛びだしてきた。このプロペラ音だったのだ。見る見るうちに空高く舞いあがっていき、豆粒ほどの小ささになった。

「ごめんなさい、驚かしちゃった？」

洞窟の中で声がした。そちらをむくと、岩場にちょこんと女性が座って、手元でなにやら操作している。

「いいえ、あの、私こそ邪魔じゃありませんでしたか」

「いいのよ、べつに」

そう答える女性を見て、みなほは我が目を疑う。知っていると言えば知っているひとだった。

いや、でも。

「あなた、足湯で会った？」

むこうからそう訊《たず》ねてきた。やはりそうか。

「は、はい。新沼さんに有休をＵＦＯに間違えられた」

ウケを狙ったわけではないが、女性はおかしそうに笑った。

「あのつぎの日、ヒヨコ家具の社長さんに会って、その話をしたら食堂で働いている栄養士にちがいないって。名前も聞いたのよ。日元さんであってる？」

「そうです。私もあなたのことを社長に聞きました。横浜の会社にお勤めで、県内に道の駅をおつくりになるって」

「私が郷力多恵子の娘だってことも？」

「はい」

「また偶然会えるなんてよっぽど縁があるのね、私達」

ほんとだ。しかも知る人ぞ知ると呼ばれる洞窟で、こんな朝早く会おうとは。

「もしかしてあのドローンで撮影を？」

「ええ」操作の手を休めず、芙美子さんは答えた。

「私、写っちゃってません？」

「SNSとかにあげたりしないんで安心して。空港から今度つくる道の駅までにどんな見所があるか、社内のミーティングで紹介するのに使うだけなんだ。写真や動画より空撮のほうがインパクトがあるんで、みんなの印象に残って、あとでいろいろと話が通りやすいのよ」

そういうものなのかとみなほは感心する。

「いつまでもそこに突っ立ってないで、遠慮せずに入っていらっしゃいな」

観光協会による注意が気になりつつも、芙美子さんの誘いを断り切れず、みなほは洞窟の中へ恐る恐る入っていく。芙美子さんのそばで足を止めて振りむけば、澄み切った青空と朝陽を浴びて輝きを放つ海が、穴のカタチに切り取られていた。その景色にみなほはしばらく見入ってしまう。

そこへドローンが戻ってきた。自分の足元に着陸すると、芙美子さんは「よしよし。よくがんばったねぇ」と話しかけながら、ケースにしまう。

「ここにはときどきくるの？」

「いえ、はじめてです。今年のアタマに白波町にきたんですけど、観光名所とか全然いったことなかったんで、ちょっと巡ってみようかと」

「それでいきなりここ？　渋いわねぇ」

会うのは二度目、言葉を交わすのはほぼはじめてなのに、芙美子さんはいきなりタメ口だった。やや上から目線でもあるが、サバサバしているので、あまり気にならない。

「今日もお仕事でこちらに？」

「昨日の夜に飛行機で前乗りして、白波町駅のそばの宿に泊まって、今朝はここまでタクシーできたの。あなたはどうやって？」

「車です」

「それってミゼットⅡ？」

「なんで知っているんです？」

「足湯のとこで、新沼のおじさんがあなたの車を緑色の小《ち》さいヤツって言ってたでしょ。あのあと駐車場にまさにそういう車があったんで、スマホで調べてミゼットⅡだってわかったんだ。ずっと昔に製造中止になっているみたいだけど、中古で買ったの？」

「あれ、私んじゃなくて社用車なんです。二十年近く昔に会社が弁当配達用に使っていたのが、回り回って私のとこにきまして」

「そうだったんだ。いまはどこに置いてあるの？」

みなほは道の駅の名前を答えた。ここまで歩きで十五分近くかかり、この道で正しいのか、不安になったことも話す。

「この洞窟《どうくつ》にくるまでの岩場でも、コケそうになってビビりました。足でも挫《くじ》いて身動き取れなくなったら、シャレにならないぞって」

「私もそう。前にきたときは岩場なんて、ひょいひょい飛ぶように歩けてたのにと思ったんだけど、前も前、三十年近くも前で小学生だったし、考えてみればそのときとおんなじに動けるはずないよね」

芙美子さんはひとりでおかしそうに笑った。みなほもつられて笑ってしまう。

「あのカワイイ車が置いてあるってことは、ここ見おえたら道の駅に戻るんでしょ。私、あそこでクライアントと九時に待ちあわせなんだ。いっしょにいっていい？」

「もちろんです」みなほとしても願ったり叶《かな》ったりだ。

「スマホ貸してくれれば写真、撮ってあげるわよ」

「あ、いえ、いいんです」

芙美子さんの申し出をみなほは断る。

「スマホ、忘れたとか？　だったら私ので」

「ちがうんです。素敵な景色はちっぽけなスマホに詰めこまず、自分の目に焼きつけておくようにしていまして」

「記録より記憶を大事にしているわけね」

「ええ、まあ」

ちょっとちがうんだけどなと思いつつ、みなほは頷《うなず》いておいた。

道の駅へ戻る道すがら、芙美子さんとふたり、とりとめのない話を途切れずにつづけた。みなほとしては白波町の住民以外で、仕事絡みではないひとと話すのがひさしぶりで、余計な気を遣わずにすむのが、ラクで楽しかった。訊《き》かれてもいないのに、高校時代はダンス部で、オーディションにいき、他人のパフォーマンスを見て、諦《あきら》めた話までしてしまうほどだ。

「気になってたんだけど、そのイヤリングの中身、なに？　なんかの骨？」

「鯛《たい》の鯛と言いまして」みなほは簡単に説明をする。

「どこかで買ったの？」

「買ったんじゃなくて」

赤星のウチにいったとき、瀬里奈ちゃんと見つけだしたものだと話す。そして数日後、「妻にこれを渡すように言われまして」と赤星から受け取ったのが、鯛の鯛を透明樹脂で固めてつくったイヤリングだったこともである。

「めでたい鯛の中の鯛なので、縁起がいいとされているそうです」

「効果はあった？」

「身につけるようになって、まだ一ヶ月くらいなんで」

「そのあいだ、大《お》っきな事件や事故はあった？」

「とくにはなにも」

「それだけでもじゅうぶん効果があったって言えない？　平穏無事がいちばんの幸せだ

もの」

そうかもしれないなとみなほは納得する。

サイクリングロードをでて国道に入り、真っ直ぐ進んでいくと、麦わら帽子に似たカタチの屋根が見えてきた。道の駅まであと五分も歩けば着くところで、芙美子さんは
「あぁぁぁぁぁあっ」とうめき声に近い声をだした。

どうした、どうした？　とみなほはビビる。

「仕事キャンセルして、このままずっと、日元さんと話していたいよ」

子どもみたいなワガママを言う。でもその気持ちはみなほもおなじだった。

「あとで連絡くれれば、私、どこへでもいきますよ」

LINE交換は済ませてある。

「ありがと。そうしたいのは山々だけど」

いまから会うクライアントとは今度、道の駅をつくる町の議員や役場の職員で、今日一日かけて県内の道の駅をいくつか巡るそうだ。

「この県内に道の駅がどれだけあるか、知ってる？」

「二十くらいですか」

そう言いながら、少し多いかなとみなほは思う。だが芙美子さんの答えはさらに上回っていた。

「三十六」

「そんなに？」

「全国で五本の指に入る多さなのよ。完全に飽和状態で、出遅れてるんだ。特産物や名産品だけじゃ、いまさら客は呼べないもんね。温泉があるとか、バーベキューができるとか、子どもが遊べる遊具が盛り沢山とか、そこでしか食べられない料理やスイーツとか、特色があったとしてもキビシイだろうしさ。社内では無理ゲーって言われてる案件を実家の近くってだけで押し付けられて、正直、頭痛いよ」

芙美子さんは両手の中指をこめかみに押し当てる。ほんとに頭痛がしているのかもしれない。

「仕事以上に面倒なのが人間関係でね。クライアント側には、町の存亡がかかる事業を見も知らぬ、それも女ごときに任せていいのかなんて、言いだすオッサンも多いんだ。でもそんなのはまだマシで、味方ヅラして私を呑《の》みの席に誘って、酔った勢いで、身体触ってくるセクハラ親父もいて」

「だいじょうぶだったんですか」

みなほは声が大きくなる。本気で心配になったのだ。

「若い頃から何度かおんなじような目にはあっているんで、多少は身の危険を感じながらも、適当にあしらえたよ。そのあと会社とクライアントどちらにも報告はしたけど、セクハラ親父はなんのお咎《とが》めもなしだった。さすがに私を呑みには誘わなくなったけどね。マジ、うんざりするよ」

どうにかしてあげたい。でもみなほに、どうにかできるはずがなかった。

「日元さんは社員食堂で働いているから知ってるよね。スパテラって大きなヘラ。私の母親が、それ使って悪党をこらしめたって話、だれかに聞いてない？」

「陽々子社長に聞きました」

ずっと郷力については触れないように心がけていた。だが最後の最後に、芙美子さんのほうから話をしてきたことに、みなほは驚きを隠し切れずにいた。

「小学校にあがる前だった私はその話が大好きで、母にねだっていっしょにお風呂《ふろ》に入ったときとか、寝る前とかになんべんも繰り返ししてもらったの」

駐車場に停まるグックーも見えてきた。そのそばにマイクロバスがあり、十人以上のオジサン達が群がってもいる。

「私と母がこの十年来、絶縁状態だって話も陽々子さんから聞いているんでしょ」

「あ、いえ、あの」はいとは言いづらい。

「だけどね。いまでも嫌な目にあったり、つらい思いをしたとき、スパテラを構えて仁王立ちする母が、頭ん中に浮かんでくるのよ。実際に目にしたわけじゃないのにさ。なんでかしら」

最後の言葉はみなほに訊《たず》ねたのではなく、自問しているようだった。

「あの、今度、郷力さん、ユーチューブにでるんです」

「母が？　どうして？」

「〈発酵だョ！全員集合〉という動画サイトで熟《な》れ鮨《ずし》のつくり方を紹介することになりまして」

ぜひ見てくださいと言おうとしたときだ。

芙美子さんはオジサン達に両手を振る。

「みなさぁん、お待たせしましたぁ。おはようございまぁす」

芙美子さんは声高らかに言った。少し自棄《やけ》気味に聞こえなくもない。

「母をよろしくね」

みなほにそう言ったかと思うと、芙美子さんは手を振りながらオジサン達にむかって走りだした。

清楚《せいそ》で真面目そうな女性が、緊張した面持ちでこちらをじっと見つめている。履歴書に貼られた小っぽけな写真だ。名前は田代萌恵《たしろもえ》という。

美園が今月いっぱいでパートを辞めるので、先月下旬からネットに求人情報をだしていた。しかし半月経っても応募はこの女性ひとりだけだった。美園がいるうちに仕事を覚えてもらわないと困るので、とりあえず二日前の月曜、まかないを食べおえたあと、赤星とみなほ、郷力で面接をおこなった。写真とおなじくガチガチに緊張しながらも、受け答えはしっかりしていて好印象だった。

みなほより二歳年下の彼女は、県庁所在地の歯科医院で歯科衛生士として三年間働いていたが、ひとの口の中を見ているのに飽きて、なにかべつのことをしようと白波町の実家に戻ってきたらしい。厨房《ちゅうぼう》で働いた経験はないが料理が好きで、オニオングラタンスープのパイ包み焼きとクリームコロッケとイカ飯が得意だという。疑ったわけではないが念のため、みなほがオニオングラタンスープのパイ包みのつくり方の説明を求めたところ、身振り手振りを加えつつ、的確に答えることができた。

あの子やったらええんやないの。

若い女の子には厳しい郷力からも、お墨付きをいただいている。赤星とみなほも異論はなかった。名前のどこにも〈そ〉がないのが残念ではあるものの、それは仕方がない。

さきほどランチの最中、赤星と郷力に最終確認を取って、彼女を採用することに決めた。できれば来週からきてもらおうと考えている。そして受話器を手に取り、履歴書に書かれた携帯の番号にかけようとしたときだ。

「ヤバい、ヤバい、ヤバい」そう言いながら赤星がいきなり事務室に入ってきた。「すみません、日元さん、かくまってください」

あまりに特殊な頼み事に、みなほは面食らう。なにがあったのか訊ねる前に、赤星は男子更衣室へ入る。と同時にノックの音がした。

「失礼します」ドアが開く。河内山だった。

またきたのか、このひと。

「ちょっとなにしてんですかっ」芝居がかった口調になっている自分に気づきながらも、

みなほはさらに言った。「困りますよっ。ここは関係者以外立ち入り禁止です。社員さんだって、社長と総務部以外は、許可なく入れません。どういうつもりですか」

　そんな規則はべつにない。口からでまかせだが、なにも知らない河内山は踏み入れた右足を元に戻した。

「すみません」と謝りながらもドアは閉めずに、みなほに話しかけてきた。「だけど伺いたいことがひとつ」

「なんでしょう？」

　みなほは立ち上がり、ドアの前まで近寄っていく。間近で見ると、河内山の肌艶《はだつや》のよさがはっきりわかった。でもいまはそれどころではない。

「ここにいま、赤星さんがきませんでしたか」

「きていません」

「玄関口にいらしたんですが、私を見るなり逃げていったんですよ。追いかけてったら、食堂の裏手に入っていって、行き着く先はこの部屋の他になくて」

「なにかの見間違いじゃありませんか」

「いや、でも」

「もう一度言います。ここは関係者以外立ち入り禁止なんです。どうぞお引き取りください」

　河内山がまだなにか言おうとするのを無視して、みなほは彼を押しだすようにドアを閉めた。

またきますんで、そんときは赤星さんがつくった料理、食べさせてください。

河内山の言葉は嘘ではなかった。そう言った一週間後に社員食堂を訪れ、赤星がつくった主菜A、たけのこの代わりにじゃがいもの細切りを使った青椒肉絲を食べていったのである。

その翌週もやってきて、やはり赤星がつくった酢太刀魚を食べた。名前どおり、酢豚の豚を太刀魚でつくったものだ。この日はこれだけでおわらなかった。赤星が帰ろうとしたとき、駐車場に停めた彼の4WDの前で、河内山が待ち構えていたそうだ。そして自分が開く店で働いてほしいと頼んできた。「アホ言うな」「本気です」「できるわけないやろ」「そこをなんとか」「ムチャ言わんでくれ」「ムチャは承知です」と三十分以上も押し問答の末、赤星はどうにか説き伏せ、追い返すことができた。

「ところが河内山のヤツ、まだ諦めていなかったんです。いまさっき帰りがけに、玄関口でばったり出会《でくわ》したんですよ。典蔵くんもいっしょだったので、社内のどこかで打ちあわせでもしていたのかもしれません。そしたらアイツ、このあいだの件でもう一度話をさせてくださいと言いだして迫ってきたんで、こりゃもう逃げるしかないと思いまして」

僅《わず》かに残った髪の毛をしきりに触りながら、赤星はぽつぽつと話した。男子更衣室からでてきたものの、河内山がまだ自分を捜しているかもしれないので、事務室にいるのだ。みなほは事務机の前にある回転椅子、彼はパイプ椅子に座り、むきあっている。構図としては診断中の医者と患者みたいだ。

「実際のところ、赤星さんはどうお考えなんですか」

「私の考えと言いますと？」

「この先もずっと、ウマカフーズにいて、社員食堂で働きつづけるんですか」

赤星は虚を衝《つ》かれた表情になる。そして目を大きく見開き、みなほをまじまじと見ながら言った。

「なんでそんなことをおっしゃるんです？」

「河内山さんが以前、こんなこと言っていましたよね。赤星さんほどの腕の持ち主が、社員食堂で働いているのは宝の持ち腐れだと。あのときは私も郷力さんとおなじように腹が立ったのですが、のちのち冷静になって考えてみると、あながち間違ってはいない気がしたんです。ご自宅で料理を食べさせていただいたときは、とくにそう思いました。陽々子社長に店をださないかと言われ、断ったそうですね？　どうしてです？」

「日元さんも陽々子社長も、私のことを買い被《かぶ》り過ぎです」赤星は弱々しく笑う。「河内山もおなじだな。私程度の腕の持ち主なんて、世の中、いくらでもいます」

「でも」

「まあ、聞いてください。一年前だったら河内山の誘いにほいほい乗ったかもしれません。でもいまの私は社員食堂で働くことによろこびを感じています」

「この一年でなにがあったんです？」

「いやだな、日元さん。あなたですよ」

「私？」

赤星は髪の毛をいじるのをやめ、丸めていた背中を伸ばすと、みなほを見据えた。

「ウマカフーズで働きだして十年近く、それなりに働いてきたつもりですが、惰性であったことは否めません。でもあなたの方針で、まつざき農園さんを皮切りに白波町の農家の野菜や果物を仕入れ、先ヶ崎漁港で魚介類を買うようにまでなったおかげで、料理人魂が再燃してきたんです。社員食堂でやれることはいくらでもある、その可能性を広げていきたいというのが、いまの俺の偽らざる気持ちです」

赤星はにこりと微笑み、さらにこうつづけた。

「俺はね、日元さん、あなたの仲間であることを誇りに思っているんですよ」

〈日元さん〉のところを〈エンリョーくん〉に変えれば、昨日の『オバケデイズ』にでてきた、ライコーさんの台詞《せりふ》だ。エンリョーくんと敵対していたが、ドクター・ラヴクラフトと戦うために手を組んだオバケ退治のエキスパートなのだ。きっと瀬里奈ちゃんと奥さんの三人で見たのだろう。

事務机の電話が鳴った。内線だ。受話器を取ると、相手は典蔵だった。

「もしそちらに赤星さん、いらっしゃったら、河内山さんはたったいま、ウチの若手が車に乗せて、白波町駅までお送りしたんで、もういませんとお伝え願いますか」

「そりゃよかった。助かりました」

みなほが伝えるまでもなく、受話器から洩《も》れ聞こえた典蔵の声に赤星は頷《うなず》き、「お騒がせしました」と事務室をでていった。


「全国一千万人の発酵食品ファンの皆様、こんばんは。あるいはおはようございます、こんにちはの方もいらっしゃるでしょう。〈発酵だョ！全員集合〉の時間がやってまいりました。回を重ねること三十二回目、進行役はわたくし麹爺《こうじじい》が務めさせていただきます」

週一のペースでかかさず更新しているだけあって、麹爺こと忠信のしゃべりはより磨きがかかっていた。微《かす》かな笑みを浮かべているのは、それだけ余裕があるのだろう。今日はスマホやタブレットではない。忠信本人が目の前にいた。動画の撮影中なのだ。みなほひとりではなく、赤星に菊之助、チームさしすせそも勢揃いだ。ユーチューブの撮影があるからと、今日が休みのひとも夕方にやってきたのだ。陽々子社長も見学にいくわと言っていたのだが、ついぞ姿を見せなかった。なにか急用が入ったのかもしれない。

忠信とテーブルを挟んだ真向かいには三脚に立てたデジタルカメラ、真上からの俯瞰撮影用に伸び縮みするアームに取り付けられたスマホ、作業する手元を間近で撮ることが可能なアクションカメラとカメラが三台もあり、なおかつ小型ながら強い光を放つ照明も二台設置されていた。やや離れた場所では、三台のカメラが捉《とら》えた映像を映しだすノートパソコンの前で小難しい顔で、典蔵が腕組みをしている。そしてその隣には、なぜか菊之助がいて、物珍しそうにノートパソコンを覗きこんでいた。

「すでにお気づきの方もいらっしゃるでしょうが、今日はわたくしのウチではございません。ここはどこかと申しますと、白波町にあるヒヨコ家具の社員食堂の厨房《ちゅうぼう》にお邪魔しております」

そうなのだ。十一月第二金曜、昼食タイムはおわり、片付けも済んで、赤星のまかないを食べおえたあと、忠信と発酵仲間のオジサン達がヒヨコ家具の食堂を訪れた。それから機材を運びこみ、セッティングするのに三十分ほどかかり、そのあと二回リハーサルをおこない、ようやく撮影がはじまった。

「前回の予告どおり、今回は我がふるさとの伝統料理、熟《な》れ鮨《ずし》をつくりたいと思います。ご存じない方が多いと思いますので、簡単に説明させていただきますね」

忠信の真向かいにあるカメラ横に立つ発酵仲間のひとりが、熟れ鮨の説明を書いた模造紙を掲げていた。カンペなのだが、忠信はほぼ見ないで、カメラのレンズを見つめたまま、話をつづけた。

「熟れ鮨の熟れは熟成の熟と書きまして、魚を塩とお米で乳酸発酵させた食品でして、日本各地にあるのですが、滋賀県の鮒《ふなず》寿司《し》、秋田県のハタハタ寿司、そして我らが県の熟れ鮨が三大熟れ鮨と言われています。一説によれば約八百年以上の歴史があると言われ、お寿司の元祖と言っていいかもしれません。県内では五穀豊穣《ごこくほうじょう》を祈る秋祭りには欠かせない料理として、各家庭で盛んにつくられておりました。しかし残念ながら近年ではすっかり廃れてしまい、伝統料理とは言いながら県内でも食べたことがある方はごく僅かでしょう。このままだと絶えてなくなりかねない由々しき事態に陥っております。しかしながらかく言うわたくしのみならず、〈発酵だョ！全員集合〉のスタッフだれひとり、熟れ鮨をどうつくればいいのか、詳しく知りません。そこで今回はつくり方をご存じの女性をお招きして、お教えいただこうと思います。みなさん、拍手でお迎えください。ヒヨコ家具社員食堂で働くこと三十数年の大ベテラン、郷力多恵子さんです。どうぞっ」

　忠信自身がパチパチパチパチと手を叩《たた》く。本番前、典蔵に指示されたので、みなほ達も拍手した。そしてあらわれた郷力は芥子《からし》色で色無地の着物をキレイに着こなしていた。髪をアップにして、化粧を念入りに施してもいて、その容貌《ようぼう》は十歳以上若く見えた。万単位のひとが見るかもしれないのだから、これだけ気合いが入って当然だ。案外、着物が似合ってもいた。老舗《しにせ》旅館を切り盛りするデキる女将《おかみ》と紹介されても、知らないひとならば納得してしまうだろう。

「今回はご無理を言って申し訳ございません」

「とんでもない。微力ではございますが、私にできることであれば、少しでもお役に立てればと思っています。どうぞよろしくお願いします」

郷力は少し訛《なま》りはありながらも標準語だ。しかも控えめでしおらしい。二度のリハーサルですでに見聞きはしていたものの、やはり違和感アリアリだ。赤星と菊之助も妙な顔をしているし、チームさしすせそは笑いを堪《こら》えるのに必死だ。忠信さえも、ちょっとだけ意外そうにしながらも、すぐさまにこやかな表情に戻った。

「郷力さんはいつ頃から、熟れ鮨をおつくりになっていらっしゃるんですか」

「物心がついた頃には、母親の手伝いをしておりました。嫁いでからも、近所の秋祭りのときには二百個以上つくって、ご近所さんにお配りしていました」

「二百個以上もですか」

いましがたまでおこなっていたリハーサルで知っているはずなのに、忠信が驚いてみせた。ちょっとわざとらしくもあるが、動画ならばこれくらいがちょうどいいのかもしれない。

「ええ。でも年々ひとが減ってきてしまい、若い方の口にはあわないものなので、この七、八年はつくっていませんでした。ひさしぶりなので、じょうずにできるかどうか心配ではありますが、がんばりたいと思います」

「ぜひお願いします。さて熟れ鮨は完成までに大変手間と時間がかかります。まずはこちらをご覧ください」

忠信が〈熟れ鮨ができるまで〉と題したフリップをだしてきた。テレビ番組のとほぼ変わらない本格的なものだ。

〈1・三枚におろした魚を一ヶ月塩漬けに　2・一日水に浸《つ》けて魚の塩を抜く　3・魚をにんにこに載せる　4・暖竹《だんちく》に包む　5・桶《おけ》に入れて上に重石《おもし》を置く　6・五日から一週間後に取りだしてできあがり〉

「これは一般的なつくり方を箇条書きにしたものです。今回は郷力さんのつくり方なので、ちがう点はいくつかありますが、その点はどうぞご了承ください。さて魚はどんな魚かと申しますと、おなじ我が県内でも地域によってちがいます。サンマやアユを使うところもありますが、郷力さんはいつも真サバでつくっていらっしゃるそうですね。一匹あたりだいたい何個の熟れ鮨がつくれるものでしょうか」

「大きさによりけりですが二十個前後です」

「じつは今回、熟れ鮨をつくるに当たって、我が社の社員に食べたいひとを募ったところ、百二十人もの応募がありました。当日になって食べたくなるひともいるかもしれませんのでプラス三十個、ぜんぶで百五十個をつくっていこうと思います。郷力さんには県内の港にご同行願いまして、真サバを八匹購入して参りました」

県内の港とは先ヶ崎漁港だ。この一ヶ月半のあいだに赤星とみなほ、菊之助、そして瀬里奈ちゃんで社員食堂の食材を仕入れに三回、足を運んでいる。そのうちの一回、ほぼ一ヶ月前に忠信率いる発酵仲間と郷力がきて、真サバを買っていったのだ。

「1と2の作業は郷力さんがご自宅でしてくださったんですよね」

「はい。真サバを三枚におろして塩をふりかけ、冷蔵庫で寝かします。水がだいぶでますので、溜《た》まったところで捨てていかねばなりません。こうしてひと月近く塩漬けをしたのち、皮を剝《は》いで、適当な大きさに切ったら、丸一日水に浸して塩を抜きます」

「その状態の真サバ一匹分がこちらです」

郷力の話がおわるタイミングを見計らい、忠信は真サバの切り身が盛られた皿を真上のスマホ、目の前のデジタルカメラ、手元のアクションカメラに写るよう皿を傾けた。

こなれた手つきにみなほは感心してしまう。

「真サバをどうやって三枚におろすのか、塩はどれだけ振りかければいいのか、郷力さんの自宅にお邪魔して、撮影して参りましたので、そちらの動画を見ていただきましょう。どうぞ」

「はい、カットッ」典蔵の声が厨房の隅々にまで響き渡った。「オッケーでぇす。忠信さん、郷力さんお疲れ様ですぅ」

「オッケーって、いまのでよかったん?」

方言まるだしで、郷力が心配そうに訊《たず》ねる。

「完璧《かんぺき》でした。素晴らしかったです」

典蔵は両手の親指を立ててみせる。ギョーカイジンっぽくって胡散臭《うさんくさ》いが嘘ではない。郷力の話し方はふだんのトゲトゲしさは皆無で、それどころか品があって誠意すら感じられた。

「すみません」典蔵がみなほ達に顔をむける。「ご飯と暖竹を作業台のほうへ運んでいただけないでしょうか」

「俺、やりますよ」

菊之助が率先して動く。

社員食堂の閉店後、二升の米を炊いた。郷力の指示で十センチ角のだし昆布を一枚、塩を五十グラムほど入れ、炊きあがったら冷まして梅酢を適量加えた。そして撮影用一合をべつにとっておき、あとの一升九合のご飯をみなほに赤星、菊之助、チームさしすせそでにんにこにした。にんにことはこの県の方言でおにぎりのことで、熟れ鮨だと棒状にするのが一般的らしい。しかしこれだと完成してから切り分けねばならず、郷力の家ではその手間を省くため、お寿司の握りよりもやや大きめに握る。今回はそちらに倣った。

このにんにこに真サバをのっけて握りこみ、暖竹と呼ばれる葉っぱで巻いていく。あせの葉とも呼ばれ、暖かな地域に自生しており、今日のも郷力が家の近くの野原で生えているのを取ってきたものをキレイに洗って消毒したうえで使った。竹に似た清々《すがすが》しい香りがして、殺菌作用もあるという。

ユーチューブ撮影の準備とリハーサルに時間がかかったので、そのあいだにみなほ達で〈3・魚をにんにこに載せる　4・暖竹に包む〉まで、いわばビフォアー熟れ鮨を九割五分つくりおえてしまった。あとは郷力が本番の撮影で残りの一合分をつくり、〈5・桶に入れて上に重石を置く〉まで進めて今日の撮影はオシマイだ。

典蔵によれば、今回の撮影分は明日夜八時に〈熟れ鮨・調理編〉として公開、一週間後にはできあがった熟れ鮨が振る舞われている社員食堂に潜入、麹爺《こうじじい》の食レポと社員へのインタビューなどを撮影し、〈熟れ鮨・実食編〉を製作する予定らしい。

やべ。もうこんな時間だったのか。

厨房《ちゅうぼう》にある時計を見るとじきに七時だった。

「では後半の撮影に入りまぁす」

典蔵が言うのを背中で聞きながら、みなほは慌てて厨房をでて、事務室にむかった。

「きみはまだ会社なのかね？」

ノートパソコンの画面からいかついオジサンが話しかけてきた。東京本社のB&I部門業養職管理部統括マネージャーだ。そう言う彼も背後に職場が映りこんでいる。

「はい、ちょっとその」

「なにかトラブルでも？」

「とんでもない」みなほは首を横に振る。「今度、社員食堂で提供する郷土料理を地元の方に教わっていたところでして」

まったくの嘘ではない。包み隠さずぜんぶ話してもいいのだが、時間がかかるのでやめておいた。

まかない飯を食べている最中、統括マネージャーからスマホにメールが届いたときには何事かと思った。今日中にリモートで話したいことがあるとだけしか書いていなかったのだ。ひとまず午後七時でお願いしますと返信した。その頃にはユーチューブの撮影もおえて、社宅に帰っているだろうと思っていたのである。

「大阪支社から聞いた話だと、地元農家から食材を購入して、魚も漁港から直《じか》に仕入れてもいるそうだね」

「物流センターよりもコストが安く抑えられるだけではなく、社員のみなさんに新鮮な食材を提供できますので。それがなにか問題でも？」

統括マネージャーとはずいぶん前に電話で話して以来だ。いや、あれは話したうちに入らない。けんもほろろに対応され、一方的に切られた。そのときのことを思いだし、つい喧嘩《けんか》腰《ごし》になってしまう。

「問題なんてあるはずがない。たいしたもんだと感心しているよ」

統括マネージャーの鷹揚《おうよう》な態度が、みなほの怒りに油を注ぐ。だがここで腹を立てたところで意味はない。ぐっと堪《こら》えながら、「私に話したいこととはなんでしょうか」と訊ねた。

「きみが前に働いていた麻布十番の社員食堂が、『東京ごよみ』の九月号に掲載されたのは知っているかな？」

「はい。濱松さんが送ってきたので」

「濱松がきみに？」

「私だけではありません」麻布十番の社員食堂でいっしょだった先輩栄養士とベテラン料理長の元にも、濱松から送られてきた話をした。

「濱松はなんでそんな真似をしたんだ？」

「さあ」

こっちが知りたいよ。

「じつは『東京ごよみ』を見て、ウチの社員食堂も一般開放できないものかと東京都内だけでも十数社、依頼があったんだ。そこで急遽《きゅうきょ》、窓口をひとつにして対応することになってね。社員食堂一般開放のプロジェクトチームを設け、そのリーダーに濱松を任命したんだが」統括マネージャーは眉間《みけん》に深い皺《しわ》を寄せる。「依頼者にはオイシイ話ばかり並べ立てて、あとは業者任せ、おかげで現場は大混乱、年明けには一般開放できるはずだった南青山《みなみあおやま》の社員食堂は、いまだ工事に取りかかれずにいた。しかもその事実を今週アタマまで私にひた隠しにしていやがったんだ、あの野郎」

話をしているうちに統括マネージャーは鼻息が荒くなっていった。他人が怒るのを見ていると、客観視ができるのか、自分の怒りは不思議とおさまり、みなほは落ち着きを取り戻していた。

「事実確認のために麻布十番のカード会社の担当者や、一般開放のリニューアルに携わった業者に話を聞いてまわったら、だれの口からも、きみの名前がでてきた。日元さんにはお世話になりました、日元さんとまた仕事がしたいです、日元さんが飛ばされたってほんとですか、といった具合にね」

　そのひと達の顔が脳裏に浮かぶ。あまりの懐かしさと私のことを忘れないでいてくれたのだという嬉《うれ》しさで、鼻の奥がツンとなるのをみなほは感じた。

「そして濱松がきみの手柄を横取りしていたことが、いまにしてわかったんだ。アイツの話を鵜呑《うの》みにした私が悪かった。まさか専門卒で入社して二、三年の女性社員が、あそこまでの仕事を成し遂げるとは思ってもみなかったんでね」

　統括マネージャーは身も蓋《ふた》もないことを平然と言う。まったく悪気がないのはわかる。それどころか本人は褒めているつもりなのかもしれない。それはそれで腹立たしい。

「このままだと会社の信用問題になりかねない。急で申し訳ないのだが、そのプロジェクトチームの一員として、きみを迎えいれたいんだ」

「東京に戻ってこいと」

「もちろんだとも」

　みなほは口をつぐんだ。さまざまな思いが頭の中を巡り、どう答えていいのか、わからなくなっていたのだ。

「異動の辞令をだしたときの約束どおり、サブチーフにも昇進させる」

「でも私、これといった実績をあげたわけでは」

「なにを言っているんだ。さっききみ自身、こう言っていただろ。物流センターよりもコストが安く抑えられるって。そのおかげでここ三ヶ月、昨年に比べて利益が百二十から百三十パーセントもあがっている。立派な実績だよ。大阪支社ではちょっとした話題になっているらしい。優秀な人材を寄越《よこ》してくださってほんまにおおきにと礼を言われたくらいだ。私が見込んだだけはある。鼻が高いよ」

そこで濱松は統括マネージャーを騙《だま》したうえに、うまいこと丸めこみ、適当な口実をつけて、みなほちゃんを箱根よりもはるか先の町へ飛ばしたんだ。

先輩栄養士の推理を口にだし、じつはそうだったのではないのかと問い質したい衝動に駆られながらも、みなほはぐっと堪えた。たとえこの推理が当たっていたからといって、ハイ、ソノトオリデゴザイマスと統括マネージャーが認めるとは思えない。

「あの、でも、すみません。考える時間をちょっといただけないでしょうか」

統括マネージャーは訝《いぶか》しげな表情になっていた。みなほが二つ返事で了承すると思っていたのだろう。だがいまここで無理強いすれば、パワハラになりかねないと考えたようだ。

「いきなりの話だものな。うん。わかった。どのくらい時間がほしい?」

「一週間後にはお返事します」

「いいだろう。だが気持ちが決まったら、それよりも早く連絡してきてもかまわんからな。よろしく頼む」

統括マネージャーとのリモートがおわったあとだ。厨房に戻ろうとしたが、物音を立て撮影の邪魔をしたら申し訳ない。そこでフロアのほうにまわり、提供カウンターから覗《のぞ》き見ることにした。

撮影も終盤で、〈5・桶《おけ》に入れて上に重石《おもし》を置く〉の最中だった。ただし実際にビフォアー熟《な》れ鮨《ずし》を入れているのは、年季の入った木箱だった。熟れ鮨製造マシンにちがいない。三十年以上前に自分がつくったものであることを、麴爺こと忠信がカメラにむかって話していた。

すべての作業をおえ、忠信と郷力ふたり並んで、締めの言葉となった。

「本日は誠にありがとうございました」

「とんでもありません。私のようなものが、お役に立てたのであれば幸いです」

「郷力さんご自身、ひさしぶりに熟れ鮨をおつくりなっていかがだったでしょうか」

郷力からの返事がない。彼女は一点を見つめ、なにか考えこむような表情のままだったのだ。

「郷力さん？」ふたたび忠信が声をかける。

「あ、すみません。最初に言いましたが、物心がついた頃から熟れ鮨をつくっていたので、ああ、あのときはあんなことがあった、こんなこともあったと、亡くなった父母や夫、そして遠くに住む娘との思い出に胸が満たされて、とても幸せな気持ちになりました。できればこの先もつくりつづけていこうと思います」

東京に帰れるチャンスだっていうのに、考える必要なんかどこにあります？　はい、よろこんでって言えばよかったのに。

「そうはいかないのは、グックーもわかってるでしょ。あんたは私なんだから」

　みなほさんも俺でしょうが。いいですか。東京に戻れば車ででかけなくても、朝マックは食べられるし、スタバの季節限定のフラペチーノも飲める。ミスドのポン・デ・リングやサーティワンのポッピングシャワーも欲しければすぐ手に入ります。

「でも文鎮茄子《なす》やお妃冬瓜《きさきとうがん》、実山椒《みざんしょう》、生で食べられるとうもろこしなんて、東京にはないでしょ。早朝に野菜を持ってくる新沼さんみたいなおじいさんだっていやしない。チャリコとかアカッポとか足赤エビとかだって、どこにも売ってないよ」

　だからってみなほさん、生涯、白波町に住みつづけるわけでもないでしょ？

　グックーに痛いところを突かれ、みなほは口を閉ざしてしまう。正論だ。たとえ今回、断ったとしても、いつかは白波町を去るときがくるのはぜったいだ。

　ヒヨコ家具をでて、社宅にむかって、海沿いの国道を走っていた。三世代前のスマホから流れているのはアイリーン・キャラが唄《うた》う『フラッシュダンス…ホワット・ア・フィーリング』だ。

「ねぇ、グックー。ドヤ顔料理のこと、覚えている？」

　そりゃ覚えてますよ。元カレと食いにいった中華料理でしょ。料理人の自己主張が強過ぎて、料理がドヤ顔してるって。

「そう、それ。さんざん笑ったけど、私もそうだったって、最近やっと気づいたんだ。麻布十番のカード会社の社員食堂を一般客に使えるようにしたのは、こうすれば会社が認めてくれる、実績を上げてエラくなるんだ、すべては自分のために働いていたなって。ヒヨコ家具にきてからもそうだった。地産地消でコストダウン、新鮮な食材を社員のみなさまのためにとか口では言ってたけど、それも結局、自分の評価を高める手段に過ぎなかった。二十八人もの栄養士を追いだした女帝に対抗していたのもそう。一刻でも早く結果をだして東京に戻ろうとしていたからだった」

でもいまはちがう？

「うん。赤星さんがつくる料理は自分なんて二の次で、食材を最大限に活《い》かして、食べてくれたひとがハッピーになればいい。それが赤星さんにとっていちばんハッピーなんだよね。私もそうやって働くべきじゃないかって思えてきたんだ。それにさ。さっきユーチューブの撮影で、みんなが厨房《ちゅうぼう》にいたのをフロアから見ていたら、私、このひと達とまだまだやるべきことがたくさんあるって思えて」

ならば私は東京には戻りませんって、きっぱり断ればよかったのに、なんでそうしなかったんです？

「それは」

麻布十番で社員食堂を一般開放にしたときの仕事が楽しかった、自分のためではあったにせよ、あれだけ一所懸命に夢中で取り組んだことは人生ではじめてだったんですもんね。しかもあの仕事に携わったひと達の中には、みなほさんを覚えているどころか、みなほさんとまた仕事がしたいというひとまでいるらしい。プロジェクトチームの一員ともなれば、より多くおなじ体験ができるかもしれない。だとしたらこのチャンスをみすみす逃すのはもったいないないと思ったからでしょ。

「よくわかってるじゃない、グックー」

そりゃあ、俺はあなたなんで。

「だったらどっちを選ぶべきか、決めてくれない？」

そこまでは面倒見きれません。

「きみは私なのに？」

だから俺も迷ってます。

さつまいもの収穫の手伝いを、社員食堂の出入口の黒板で募集したのはひと月前、十月の二週目だった。典蔵のこの提案を、昼寝に訪れた陽々子社長に告げたところ、二つ返事で承諾を得られたのだ。そして総務部に話をつけてくれて、応募先は総務部の社内メール宛《あて》となった。さらにはだ。

私もいくさけ、黒板には陽々子社長参加決定とでも書いといて。

これが効いたかどうかはさだかではない。だが言われたとおりにしたところ、予定人数五人の十倍、応募があった。

せやったら、この先もウチの社員食堂に農作物を提供してくださる農家へ順次、手伝いにいってもらおうか。地域のための社会貢献活動やさけ、勤務時間内いうカタチをとれば、みんないくやろ。

つまり土日の畑仕事を休日出勤の扱いにすると陽々子社長は決めたのである。それならば社員の負担にはならず参加もしやすい。そしてさつまいもを皮切りに、ブロッコリー、白菜、えんどう豆、生姜《しょうが》と、週に一度か二度、みなほがヒヨコ家具の社員を数人引き連れて、白波町のどこかしらの畑で収穫の手伝いにでかけていた。

するとだれも頼んでもいなければ、呼んでもいないのに、郷力は毎回あらわれた。自宅からけっこうな距離のところまで電動自転車を走らせてくる。あまりに遠い場合は、社員の車に乗せてもらっていた。そして自ら作業をしつつ、社員達の指導やサポートも積極的におこなう。伊達《だて》に何十年も農家を手伝ってきたわけではなく、どの野菜についても詳しいのだ。自分よりも郷力のほうが頼りにされ、役立っていることをみなほは認めざるを得なかった。

〈発酵だョ！全員集合〉の撮影がおこなわれた翌日の土曜、ヒヨコ家具の社員を七人引き連れて、手伝いにむかったのはまつざき農園だった。できるだけ参加するわと言いながら、陽々子社長は当初のさつまいもしか参加していない。

あそこの嫁、好かん、ヨソ者のくせにデカいツラしてるんが許せんと、真琴さんを嫌っているはずの郷力もなにくわぬ顔でやってきていた。赤星父子《おやこ》に菊之助もいる。今月一杯でパートをやめる美園も、東京へいったら、こういうこともできないんでと参加している。ただしオマケの典蔵はいなかった。昨日、ヒヨコ家具の厨房で撮影した動画を編集し、今夜八時には配信しなければならないからだ。

今日、収穫するのはレタスだ。夏に採れる野菜というイメージは関東の人間の思いこみなのよと真琴さんに言われた。そもそもレタスの栽培に適しているのは冷涼な気候らしい。たしかに夏に採れるレタスは、長野などの標高千メートルの高原が生産地だ。そう考えれば冬でも温暖な気候で、もっと低い土地で栽培されていても不思議ではない。というか白波町の隣町が、日本でのレタス栽培発祥の地だそうで、それもあってか、白波町でもレタスをつくる農家は多いそうだ。

まつざき農園も誠さんの祖父の代からレタスをつくっており、主力商品だという。言われてみれば、レタスの畑はこれまでのどの農作物よりも広い。ちょうどいま時分から収穫がはじまり、来年二月までつづく。そのあいだ、定期的にヒヨコ家具の社員達が手伝う代わりに、安価で仕入れる約束もできていた。

レタスには含有量が低くても、β《ベータ》カロテンにカリウム、食物繊維やビタミンCなどバランスよく栄養が含まれているので、積極的に摂《と》れば効果が大きい。生でサラダや漬物にするだけではなく、みそ汁やスープなどにも使える。赤星によれば、キャベツや白菜の代わりになるし、火の通りがよくて、調理の時短にもなるのでありがたいとのことだった。

よっこらせのせっと。

みなほは口の中で掛け声をかけると、レタスの茎に収穫包丁を差しこんだ。その名のとおり野菜の収穫に使う包丁で全長三十センチ弱、刃の長さはそのほぼ半分で幅は四センチほどの長方形だが、一角だけが丸みを帯びている。刃の上も切れるようになっており、茎に差しこんだのはこの部分だ。

これまで白菜やほうれん草、先週の日曜にはブロッコリーを採る際に使っているが、レタスは今日がはじめてだ。自前のは持っておらず、いつも農家から借りていた。今日もそうだ。包丁のケースが付いたベルトも借りて、腰に巻き付けてある。ケースと包丁の柄にはおなじ数字が記されており、みなほのは〈13〉だ。

よしっ。

茎をきれいにカットできた。左手でレタスを持ちあげる。

おっと、いけない。

危うく包丁を地面に置くところだった。これは御法度だ。みなほはよその農家でやらかし、そばにいた郷力に見つかって説教を食らった。収穫包丁を使わないときは必ずケースに収めておくのがルールなのだ。

両手を空にしてから、表面の葉っぱを剝《は》ぎ取り、隣に置いた段ボール箱に入れた。八個でいっぱいになったときに手を挙げれば、真琴さんか誠さんが取りにくる。

グックーと社宅をでたときは薄暗かったが、いつの間にか陽がのぼっていた。肌寒かったのも最初のうちだけで、すぐに身体が火照って熱くなり、額から流れ落ちる汗をタオルで拭《ぬぐ》わねばならないほどだ。

今日のみなほはインナーを二枚重ね着したうえに花柄の長袖《ながそで》シャツを着て、緑色のヤッケパーカーを羽織り、オーバーオール、それに秋とはいえ紫外線対策は必至なので、日よけ付きの帽子と、鼻から首下まで覆うマスクを付けている。完全な農作業用のコーデで、郷力とほぼ変わらない恰好《かっこう》だった。

「ナレズシにつこうたマサバって、サキガサキでずいぶんまえにこうたヤツやろ」

「ああ、そうや」瀬里奈ちゃんに郷力が答える。「そいから一ヶ月塩に漬けとって、一日かけて塩抜いて、酢飯にのっけて、葉っぱで巻いて、箱に詰めこんで、上からギューに押して、一週間経ったら熟《な》れ鮨《ずし》ができあがりや」

「そんなながいこと、ウチ、ガマンできんわ」

郷力が採ったレタスを受け取ると、瀬里奈ちゃんはまわりの葉っぱを剝がし、段ボール箱に入れた。小学一年生なので、収穫包丁を貸してもらえず、ちょっと拗《す》ねていた瀬里奈ちゃんに、せやったら私の手伝いしてなと郷力が声をかけたのだ。ちなみに郷力の収穫包丁は借り物ではなく自前だ。使う前日には砥石《といし》で研いでくるらしい。

「私も子どもの頃にはそう思うとった」

「いまはちがうん？」

「おとなになればなるほど、時間が経つのが早くなるんよ。一ヶ月なんて、あっという間や」

二人が会ったのは、熟れ鮨につかう真サバを買いに、郷力が先ヶ崎漁港へいったときだ。それからというもの、なぜか瀬里奈ちゃんは郷力に懐いている。あのひとのどこを気に入ったのか、赤星が訊《たず》ねたところ、瀬里奈ちゃんはこう答えたそうだ。

ゴーリキさんがドクター・ラヴクラフトににとるのは、ひくめのコエだけや。ナカミはぜんぜんちがう。わるいひとやないもん。それにウチをコドモあつかいせんとこがポイントたかいわ。

たしかにふたりではしゃいだり、ふざけあったりせず、いまのように会話を交わすだけだった。郷力は素っ気ないが、冷淡ではない。傍《はた》から見ていると、年老いた師匠が幼い弟子に教えを説いているみたいだ。

「お父ちゃんにきいたんやけど、ゴーリキさんはひとりでくらしてるんやってな。ムスメさんおるのに、なんでいっしょにくらさんの？」

瀬里奈ちゃんの質問に、みなほは作業の手が止まってしまう。そして顔をあげ、ふたりのほうを見る。

「瀬里奈っ」赤星が慌てて注意する。郷力達のさらにむこうにいたのだ。「そういうことは訊《き》くもんやない」

「なんであかんの？」瀬里奈が聞き返す。なぜいけないのか、ほんとにわかっていないようだった。

「ええのよ、赤星さん」と言いながら、郷力は採ったレタスを瀬里奈ちゃんに渡した。

「娘は親の私より大事なひとを見つけたんよ。いまはそのひとと暮らしとる」

「ダンナさんのことけ?」

「そうや」

「だったら三人でなかよくくらしたらええのに」

「なかなかそうはいかんのよ」

「ひとりぼっちでさびしくないんか」

「もう慣れた」

「さびしいのって、なれるものなん?」

「慣れなやっていけへん」

まるで禅問答だ。いよいよもって師匠と弟子っぽい。しかし小学一年生の瀬里奈ちゃんには理解できなかったのだろう。渋柿でもかじったような顔つきになっていた。


「みなさん、ありがとうございました」誠さんが言い、真琴さんとふたりで頭を下げる。

「お礼と致しましてささやかではありますが、お弁当を用意しましたので、ぜひお食べください」

レタスの収穫がおわったあとだ。誠&真琴夫婦が配る弁当を順番に受け取ると、みんな畑のまわりの適当なところに腰をおろしていった。

「弁当の中身を紹介させていただきますと、郷土料理のめはり寿司《ずし》からヒントを得まして、塩で漬けた高菜の代わりに茹《ゆ》でたレタスで、刻んだ梅干しとしらすを混ぜたごはんを巻いたにんにこが二個、ウチの農園で採れましたミニトマトとブロッコリー、ご近所さんの養鶏所で今朝採れたての卵でつくった、だし巻き卵にジビエソーセージでございます。ちなみにいま申し上げました弁当の材料は農園の売店で販売しております。気に入ったものがございましたら、すでにオープンしておりますので、帰りにお立ち寄りいただき、お買い求めくださいませ」

さすがは元バスガイドだけあって、真琴さんは名調子だった。しかもきっちりと宣伝も加え、なかなか商魂たくましい。

弁当は曲げわっぱに入っており、その蓋《ふた》を取ると、香ばしい木の香りが広がった。養鶏所から直《じか》に卵を入荷するのはアリだぞ。ジビエソーセージは食肉卸売の会社のだって、真琴さん、前に言ってたよな。そっからソーセージだけじゃなしに、肉も仕入れられないか、相談してみよう。

そう考えを巡らせながら、レタスで巻いたにんにこにかぶりつく。茹でたレタスの甘みと梅おかかの塩味が、絶妙に混じりあってうまい。

「ゴーリキさん、しらんの？　せやったらおどっちゃるわ。ようみとき」

瀬里奈ちゃんが郷力の前に立って踊りだす。ＳＮＳでバズっているダンスだとみなほは気づく。

「キレがあって上手やな」と郷力は手を叩いていた。みなほ達の前では見せたことがない笑顔だ。もしかしたら幼い頃の芙美子さんの姿と重ねあわせているのではないかと思うものの、本人にたしかめるわけにはいかなかった。

先週の日曜、芙美子さんに会ったことはナイショにしている。郷力だけでなく、他のだれにもしゃべっていない。芙美子さんに口止めされてはいないが、わざわざ自分から言い触らさなくてもいいと思ったからだ。ＬＩＮＥでは何度かやりとりしている。〈発酵だョ！全員集合〉に郷力が出演するのが今夜であることも伝えたが、それについて芙美子さんからのコメントはなかった。

レタスにんにこの二個目を食べていると、だれかがこちらにむかって走ってくるのが見えた。近づくにつれ、スーツ姿の男性だとわかる。

え？　まさか、あれって。

「赤星さぁぁぁぁん」

「お父ちゃん、よばれとるで。だれや、あのひと？」

「え、あ、いや、あの」

腰をあげた赤星は、あきらかに落ち着きを失っていた。できれば逃げだしたいのだろうが、娘を置いていくわけにはいかない。そんな彼の元へ駆け寄ってきたのは河内山だった。

「おはようございます、赤星さん。いや、もうこんにちはですかね」

「だれにここのことを？」

「ぼくです」手を挙げたのはヒヨコ家具の若手社員だ。典蔵とおなじ営業部で、いっしょに河内山の担当をしている。「このあいだ、白波町駅まで車でお送りした際、畑の手伝いの話になりまして」

「赤星さんも参加するいうの聞きましてね。ほんまはもっと早《はよ》うにきて手伝いもするつもりやったんです。せやけど昨日、遅うまで仕事をしとったもんで今朝起きたのは八時過ぎ、こりゃあかんと慌てて車を飛ばしてきました」

「まさかおまえ、俺を説得しに、わざわざここまで？」

「はい」河内山は威勢よく返事をする。「頼んます、赤星さん。俺の店で働いてください」

「なんべん断ればわかるんや。あかんもんはあかん」

「そう言わんと聞いてください。このあいだはいまの手取りの一・二倍言いましたけど一・五倍払います。赤星さんがウチで働いてくれたら十人力です。あの〈月下独酌〉の料理がふたたび食べられるとなったら、関西中の食通がこぞって集まってくるはずですからね」

「寝言は寝て言わんかい。だれが十年近くも昔に潰《つぶ》れた店のことなんか覚えとるもんか」

「それが案外、覚えとるんですよ。『もう一度食べたい潰れた店ベスト一〇〇関西編』

いうネットの記事で、〈月下独酌〉は堂々の三十九位でした」

「なんや、その中途半端な順位。全然、堂々しとらんわ」

「赤星さんがつくった社員食堂のおかずはウマかったです。限られた予算と時間で、あそこまでの味を引きだせるなんて、さすが赤星さんや思いました。ただただ驚くばかりです。でもだからこそ、その腕をさらに活《い》かすべくもういっぺん、ちゃんとした店で、ちゃんとした料理をつくってもらいたいんです」

「社員食堂はちゃんとしとらん言うのか」

鋭い声を飛ばしたのはもちろん郷力だ。のそりと立ち上がった彼女を見て、河内山は二、三歩後ずさりする。ひと月以上前、食堂で遭遇した際にも絡まれたのを思いだしたのだろう。それにしたってビビり過ぎだ。

「あ、あなたもおったんですか」

「おったらあかんのか」

「そういうわけでは」

「さっきから黙って聞いとったけど、てめえの店やのに、赤星さん頼みとはどないなつもりや。ムシがよすぎるんやないか」

郷力はよほど腹に据えかねたらしい。いつも以上に乱暴な口調で河内山に食ってかかる。

「いえ、あの、そんなつもりはまったく」

「てめえの店なら、てめえの腕一本で勝負すべきやないの？　それができんのやったら、てめえで店を持とうとすんな」

　郷力のあまりの正論が、心に突き刺さったのだろう。河内山は言い返すこともできず、うなだれていた。

「すまん、河内山。俺はもう、おまえとは仲間になれないんだ。それにな。おまえなら、俺なんぞの助けがなくてもじゅうぶんやっていける。自信を持て」

　赤星が詫《わ》びた途端だ。人目を憚《はばか》ることなく、河内山は突っ立ったまま、おいおい泣きだしてしまった。

「泣かんでもええやろ」赤星はあきれ顔で言う。

「なかしたのは父ちゃんやないか」と言って、瀬里奈ちゃんは河内山にハンカチをさしだす。

「これでナミダ、ふき」

「赤星さんの娘さん？」

「そうや。オッチャン、おきてすぐクルマとばしてきたんやったら、なんも食べてへんのちゃう？」

「あ、うん」

「マコトさん」

「はい」「はい」瀬里奈ちゃんに呼ばれ、誠さんと真琴さんが返事をする。

「おベントーのこってたら、このオッチャンにあげてくれへん？」

「いや、でも」

「エンリョせんでもらっときな。ええか、オッチャン。カナシイときにはオイシイもんたべるのがイチバンなんやで。そうするとカナシイよりもオイシイがかって、ゲンキになるって、ウチの母ちゃんがいうとった。でもこれってな、父ちゃんが母ちゃんにいったことなんよ。どんなカナシイことがあっても、オレやったらいくらでもオイシイものをたべさせてあげられるから、ケッコンしてくれっていわれたんやって」

「瀬里奈っ。余計なこと言わんでもええ」

赤星が注意するように言うが、みんなからは好意的な笑い声が起きる。河内山も笑っていた。


「本日のゲスト、郷力多恵子さんにもう一度、大きな拍手をお願いしますっ。ほんとうにありがとうございました」

タブレットの中の麹爺《こうじじい》こと忠信に促され、みなほは手を叩く。そしてババンババンバンバンといつもの締めの曲が流れてくると、忠信は「歯を磨けよ」とか「宿題しろよ」とか「早く寝ろよ」とかこちらにむかって言った。隣で着物姿の郷力が手を振っている。

「次週、〈熟《な》れ鮨《ずし》・実食編〉をお楽しみにぃ」

午前中、まつざき農園でレタスの収穫をおえたあと、先週に引きつづき、名所巡り第二弾として、日本最古と言われる露天風呂《ぶろ》にいってきた。目の前が太平洋だとネットで事前に情報を仕入れてはいたものの、まさか波しぶきがかかるほど海に接しているとは思わなかった。入浴料はたった五百円であるのにもかかわらず、えらく贅沢《ぜいたく》した気分になれたくらいだ。

本来ならばそのあと、もうひとつふたつ、白波町の温泉へ寄る予定だったが、朝早くからの肉体労働に疲れ果てていたため、グックーと社宅へ帰ることにした。着いたのは午後三時半過ぎで、着替えもせずにベッドに横たわり、目覚めたときはあたりは真っ暗だった。四時間以上眠ってしまったのだ。

部屋着に着替えてから、お腹が空《す》いたので夕飯をつくろうとキッチンへいったときに、今日が土曜日で八時には〈発酵だョ！全員集合〉の配信があるのを思いだした。あと五分もなかった。タブレットを持ってきて、檜《ひのき》の一枚板のテーブルに座る。わざわざオンタイムで見る必要もないし、いつもならば食事を摂《と》ったりつくったり、あるいはお酒を呑《の》んだりしながら見るのだが、今日は余計なことは一切しなかった。

動画がおわると、みなほは〈いいね！〉を押した。その数はすでに百以上、視聴者は二千人を超えていた。コメント欄では〈着物がお似合い〉〈品格がありながらも親しみやすい〉〈優しい笑顔に癒《いや》される〉〈日本の母の代表格〉〈こんなお母さんがほしい〉となぜか郷力の評判は高かった。

騙《だま》されていますよ、みなさん。

さて夕飯をつくろうかと腰をあげると、どこかでスマホが鳴った。ベッドに横たわる直前、ソファにバッグを投げ置いたのを思いだす。あの中だ。リビングへいって、バッグからスマホを取りだす。芙美子さんからのLINE電話だった。

「もしもし」

「あ、日元さん？　いま。母がでてるユーチューブ、見たんだけど」

なんだ、見たのか。それもオンタイムとなると、よほど気になっていたのだろう。

「あの熟れ鮨っていつつくったの？」

「昨日の夕方です」

「それじゃできるのって」

「今度の金曜、ランチのときに社員食堂で希望者に配ります」

「予約してないと食べられないってこと？」

「そこまで厳密ではありません。熟れ鮨をつくるのにだいたいの数が知りたかっただけで」

「できれば二個、いただけないかしら」

「二個ですか」

「いまのユーチューブ、旦那《だんな》と見ててさ。彼も食べてみたいって。無理だったら一個でもいいの」

「二個、だいじょうぶです」

「ほんとに？　ありがと」

「どうやってお渡ししましょうか。三時以降だったら、会社をでられますんで、どこへでも持っていきます」

「だったら足の湯がある道の駅で待ちあわせ、しよっか」

「わかりました」

「また当日、連絡するわね」

「待ってください」電話を切ろうとする芙美子さんを、みなほは慌てて引き止めた。

「なに？」

「ユーチューブ、ご覧になってどうでしたか」

返事がない。余計なことを訊《たず》ねてしまったかと、みなほは反省する。でも知りたかったのだ。

「あれは狡《ずる》いわ」やがて芙美子さんがぽつりと呟《つぶや》く。

「狡いってなにがです？」

「母の着てた着物よ。私の小中高、それに大学の入学式と卒業式には必ず、あの着物だった。お気に入りっていうか、一張羅で他に持ってないんだよね。いきなりあの恰好《かっこう》ででてきたもんだからさ。涙ぐんじゃったよ、私」

そう話をしているあいだにも、芙美子さんは洟《はな》を啜《すす》り、少し涙声になっていた。

十一月第四金曜、いよいよ熟れ鮨のお披露目となった。

熟れ鮨製造マシンはぜんぶで三箱、邪魔にならないよう、厨房《ちゅうぼう》の片隅に置いてあった。これをフロアに運びだし、魚のテーブルの上で開いて希望者に配る。その役目はもちろん郷力で、みなほも手伝うことになった。

社員食堂は開店十分前にもかかわらず、すでに社員が三十人ほど魚のテーブルを囲んでおり、その中には法被姿の麹爺こと忠信と、手持ちのビデオカメラを持った典蔵もいた。

みなほは熟れ鮨製造マシンのボルトを緩め、木枠から木箱を外す。そして郷力が蓋《ふた》を開くと、どういうわけか「おぉぉぉぉお」と声があがった。少し前に典蔵が頼んでいたのが、厨房の中まで筒抜けだった。さらにリハーサルまでしていたのにもかかわらず、わざとらしさは拭《ぬぐ》えていない。

箱を開いて最初に漂ってきたのは葉っぱの香りだ。つづけてお酢の匂いが鼻をついてくる。しかし梅の甘い香りがかすかに含まれているせいか、思ったよりも強烈ではなかった。

「ではまず郷力さんにひとつ、召し上がっていただきましょうか」

忠信の言葉に郷力は頷《うなず》く。今日は着物ではなく、いつもとおなじ黄色の作業着だ。でも受け答えは標準語だった。木箱から熟れ鮨を一個取りだして皿に載せる。青々しい色だった暖竹が濃い緑色に変色していた。それを丁寧に剥《む》いていく。典蔵がその手元にビデオカメラをむけ、忠信をはじめ社員達も固唾《かたず》を飲んで凝視していた。みなほもだ。郷力はやけに神妙な顔つきをしていることもあって、なにかの儀式のようだった。

暖竹の中からでてきた熟れ鮨はふつうだった。どうふつうなのかと言えば、みなほがこれまで見てきた押し鮨とさして変わらなかったのである。発酵して腐っていると聞いていたので、なんというかもっとドロドロした状態だと勝手に思いこんでいたのだ。

郷力は熟れ鮨を口元に運び、一口食べた。

「いかがですか」忠信が訊ねる。

「生涯で五本の指に入るほど、いい出来です」

郷力は満足げに答えた。するとふたたび「おぉぉぉぉぉお」と声があがる。これは典蔵の指示ではなく、自然と沸き起こったものだった。


〈日元さん、ごめんなさい。午前中でおわるはずだった会議が長引いて、昼食を挟んでまだつづきそうです。町長と町議会と地元住民の意見が一致せず、三つ巴《どもえ》の口論となり、私が仲裁役をしなければならないという事態に陥ってしまいました。そんな私に対して三方から罵声《ばせい》が飛んでもきます。「ヨソ者は黙れ」はまだしも「女はひっこめ」は許せず、カッとなってつい言い返しそうになりました。頭の中では母がスパテラをぶん回しています。夕方にまた連絡します。迷惑かけてすみません〉

芙美子さんは直《じか》に話したときはタメ口だったのに、ＬＩＮＥだといつも丁寧語だ。これが届いていたのは午後一時半、みなほは〈わかりました。お待ちしてます。がんばってください〉としか返せなかった。それから二時間近く経つがまだ連絡はない。

「うっまっ」熟れ鮨を一口食べるなり、陽々子社長がうれしそうに言った。「ウチでつくってたのと比べて、甘みがある。梅酢を使《つこ》うてるからかな。これやったらはじめてのひとでも、食べられたんとちがう？」

「好評でした。みなさん、もっと酸っぱくて、匂いがキツいのを想像してたみたいで」

みなほもそのひとりだ。ラーメン屋で会ったクオッカとカピバラに散々脅されたので、ある程度、覚悟をしていたのに拍子抜けだった。とは言えふつうの押し鮨よりも酸味が利いており、口に含んでいるうちに、ヨーグルトに似た風味がでてきて、いままでにない味わいの食べ物であることは間違いなかった。

「お店やったら一個五百円、いや、千円は取れるわ。社員食堂ではいくらにしたん？」

「今回はお試しということで、タダにしました」

陽々子社長は朝から大阪で商談で、ついさっき帰ってきたばかりだった。そのままオフィスにはいかず、社員食堂の事務室に直行してくるなり、取り置きしておいた熟れ鮨を事務机で食べだしたのだ。みなほはパイプ椅子に腰掛け、その様子を見ているしかなかった。

「ごちそうさま。いやあ、うまかった。まさか自分の会社で、熟れ鮨が食べられる日がくるとは思わんかったわ」

陽々子社長はご満悦だ。やや遅めだが女子更衣室で昼寝をするのかと思いきや、腰をあげようとせず、みなほの顔をじっと見つめている。

「なにか？」

「どう返事するつもりや」

「はい？」

「この町に残るんか、それとも東京に戻るんか、どっちにするつもりなん？」

「な、なんですか、いきなり？」

「先週、東京のおエライさんとリモートで話していたやろ」

「どうして、それを？」と訊ねてすぐ、みなほは気づいた。「あんとき、女子更衣室にいたんですか」

「昼寝してたんやけど、スマホの目覚ましかけ忘れてな。日元さんとオッサンが話す声で目覚めたんや」

先週の金曜は〈発酵だョ！全員集合〉の撮影があり、熟《な》れ鮨《ずし》をつくるのにも忙しかったため、みなほは昼間、ほとんど事務室にいなかった。そのあいだに陽々子社長はきていたにちがいない。

「盗み聞きしてたんですね」

「わざとやない。不可抗力や」

「どのへんから聞いていたんです？」

「日元さんが、なにか問題でも？　ってちょっとキレ気味で言ってたところからやった」

だいぶ最初のほうではないか。

「で？　私の質問、答えてへんけど」

「まだ決めかねています」

「まだって、今日、返事するんやないの？」

「それはそうなんですが」

統括マネージャーとは先週とおなじく、七時にリモートで話す予定だ。

「いまんとこ、どっちに傾いとるん？」

「五分五分です」

「ほんまけ？」陽々子社長はちょっと悔しそうだ。「六・四か七・三で、この町に残るつもりやと思ってたんやけど」

「すみません」みなほは思わず詫《わ》びてしまう。

「リモートで話しとったオッサンはだれやったん？」

「統括マネージャーです。一般の会社であれば部長クラスになります」

「老婆心から言わせてもらえばな。ああいうオッサンは最初あんなふうにうまいこと言うて、こっちをその気にさせといて、しくじったら助けもせんとあっさり切り捨てるし、成功したらしたで、オイシイところはぜんぶ持ってくタイプや。信用したらあかん」

「どうしてそう思うんです？」

「男の八割はそうやからや」

「残りの二割は？」

「使いもんにならんクズ」

「いくらなんでも辛辣《しんらつ》すぎません？」

「そんくらいに思うてないと、女で社長なんかやっとれんわ」

陽々子社長は冗談めかして言う。だが真顔だった。

「ひとつ提案があるんやけど、聞いてもらえる？」

「なんですか」

「ウマカフーズやめてウチで働かへんか」

なに言ってんだ、このひとは。

「私、家具なんかつくれません」

「そうやのうて、いまのまんま栄養士として働いてくれてればええ」

いよいよもってわけがわからない。

「つまりな、社員食堂をウマカフーズに委託せんと、ヒヨコ家具の直営に切り替えるんよ」

「そんなことできるんですか」

「できるかどうかはわからん。でも日元さんさえ、うんと言えば、私としてはやぶさかやないで。赤星さんもいっしょや。日元さんがオッケーやったら、あのひともオッケーにちがいない」

「大変ありがたい話ではあるのですが」

「駄目？　なにが不満？」

「社長には不満はひとつもありません。あるとすればウマカフーズに対してです」

「だったらそんな会社、さっさと辞めて」

「だからこそ辞められないんです」

みなほはつい力んで言ってしまう。

「それってどういう意味か、よかったら教えてくれへんかな」

陽々子社長が興味深そうに訊《たず》ねてきた。

「部下の手柄を奪ったうえに遠方に追いやった元上司はもちろん、専門卒の女性社員があそこまでの仕事ができるとは思ってもみなかったと面とむかって言った統括マネージャーも私は許せないんです。おいしいエサをぶらさげて、自分の思いどおりにしようとする態度も勘弁できません。統括マネージャーにかぎらず、大卒の男だってだけでふんぞり返っているようなヤツらに目にモノ見せてやりたい。そのためにはいま、会社を辞めるわけにはいかないんです」

「大変やで」

陽々子社長がぽつりと言った。

短いが、重い一言だった。

「でもできるところまではやるつもりです。しなきゃ後悔しそうなんで」

高校三年のとき、ダンスのオーディションを受けにいったのもそうだった。見事、玉砕してしまったが、後悔はしていない。やれるだけのことはやった。ただし今回は勝ち抜くつもりだ。

「覚悟はできてるわけか」陽々子社長は小さく笑う。「ほんま言うと、断られるかもしれん気がしてたんよ。日元さんは我が道をゆくタイプやもんな。オイシイ話にホイホイ乗るわけがないってね。まあ、ええわ。ここに残るのも東京へ戻るのも、日元さんの好きにしたらええ。でも忘れんといてな。どこにいても私はあんたの味方や」

〈日元さん、ごめんなさい〉

みなほは事務室で仕事をしながら、芙美子の連絡を待ちつづけた。そして一度目とおなじでだしではじまる二度目のLINEが届いたのは五時半過ぎだった。

〈三つ巴《どもえ》の口論はおさまり、道の駅の方向性はどうにか決まりました。しかしわだかまりは残っており、まだまだ予断を許さない状態です。よもやこんなに神経を使う現場になるとは思っていませんでした。明日《あした》は別件の仕事があるため、今夜中に戻らねばならず、いまタクシーで空港へむかっている途中です。熟れ鮨は諦《あきら》めます。せっかく取っておいてもらったのに、ほんとに申し訳ありません〉

羽田へむかう飛行機は三本、最後の一本は午後六時半発だ。ただし保安検査場を出発時刻の二十分前までに通過しなければならない。以前、濱松を殴りにいこうとしたときに調べておいたことである。

会社をでると、すっかり夜の帳《とばり》がおりていた。駐車場を横切りながらLINE電話をかけると、着信音三回半で芙美子さんはでた。

「日元さん？」

「私、まだ会社なんですが、いまからグックーで空港へむかいます」

挨拶《あいさつ》もそこそこに、みなほは早口で言う。

「グックーってなに？」

しまった。

「ミ、ミゼットⅡのことです。空港まで二十分とかからないので、六時前には着きます。熟《な》れ鮨《ずし》をお渡しする時間はじゅうぶんありますので」

「無理しなくても」

「全然無理してません」みなほは力んで言う。グックーに辿《たど》り着き、運転席のドアを開いた。「生涯で五本の指に入るほどの出来だと郷力さん、言ってました。これを逃す手はありません。それにあの熟れ鮨は芙美子さんのことを思ってつくったにちがいないんです。だから芙美子さんが食べなきゃ駄目なんです」

勢いあまって余計なことを口走ってしまったと、みなほは少なからず反省する。だがスマホのむこうから芙美子さんがかすかに笑うのが聞こえた。

「それじゃお願いするわ」

「着いたらまた電話します」

スマホを切ってバッグにしまうと、グックーが話しかけてきた。

お急ぎですね、みなほさん。

「そうなんだ。きみは私なんだから事情はわかるでしょ」

わかります。

みなほはキーを差すがエンジンをかける前に、三世代前のスマホを手に取った。

「こういうときにかける曲はなにがいい？」

それはやっぱ、『トップガン』の『デンジャー・ゾーン』じゃないですか。

「だよね」

ドウダァンダダンドッダダダァン、ドウダァンダダンドッダダダァン。

戦闘機を離陸させるかごとく、曲にあわせて、みなほはトム・クルーズ気分でグックーを走らせた。

ヒヨコ家具から緩やかな坂道を下り、交差点を左に曲がらずまっすぐ全速力で、ということはなく、街灯が少ないほぼ暗闇に近い道を、グックーのヘッドライトを頼りに制限速度を守って進んでいた。ケニー・ロギンスは『デンジャー・ゾーン』を唄《うた》いおえ、つづけてリマールが『ネバーエンディング・ストーリーのテーマ』を唄い、いまは『バック・トゥ・ザ・フューチャー』の主題歌、ヒューイ・ルイス&ザ・ニュースの『パワー・オブ・ラヴ』がはじまったところだ。

あれ、なんですかね、みなほさん。

グックーが声をあげる。左斜め前方、道の端にピンク色に輝く物体が浮かんでいたのだ。不気味なことこのうえない。だが近づくにつれ、なにかがわかった。光で反射するベストを着たひとがスマホを空にむけて、突っ立っていた。

脅かすなっつうの。

「きみがビビりなだけだよ」

ぼやくグックーに言う。だがさらに近づくとみなほもビビった。グックーのヘッドライトに照らされ、だれだかがわかったからだ。

郷力だった。そばに停めた電動自転車のカゴには、ぱんぱんのエコバッグが積んである。みなほも利用する農産物直売所で買い物をしてきた帰りではないか。

バッテリーの充電が切れたんですかね。

「だったらどうして空にスマホをむけているのよ」

しかもだいぶ近づいてきたのに、郷力はこちらを見ようとしない。不審に思い、みなほはグックーを止めて表にでた。

「なにやってるんですか、郷力さん」

「ユーフォーを撮っとる」

「ユーフォーって未確認飛行物体ですか」

「そうや」

「どこです？」みなほも空を見上げる。

「ピカピカ点滅しとるのがジグザクに飛んでいたんや。新沼のおいやんが見たいうとったのと、おんなじかもしれん」

みなほにはどうしても見えない。

「あかん」郷力はスマホをおろし、みなほを上目遣いで見る。「あんたがきたら、消えてもうた」

私のせい？

「動画に撮ったさけ、まあ、ええわ」

郷力は電動自転車に跨《また》がり、ハンドルを握りしめると、ペダルに足をかけた。

「待ってください」

「なんや」

「私の車に乗って、いっしょに空港へいってもらえませんか」

「はぁ？」

「娘の芙美子さんが仕事でこちらにきているんです」

「あんた、芙美子といつ知りあいに」

「二度、偶然会いまして。でもいまはその話をしている時間はありません。芙美子さんは郷力さんがでたユーチューブを見たら、どうしても熟れ鮨を食べたくなったとおっしゃって、ほんとは昼間に足湯のある道の駅で待ちあわせをして渡すはずだったんです。だけど芙美子さんの仕事の都合でできなくなってしまい、しかも今夜中に東京に戻らなければならないというので、私が空港へ持っていくところなんですが、どうでしょう、できれば郷力さんから渡してもらえませんか」

みなほは必死に捲《まく》し立てる。なぜこんなことをしようと思いついたのか、自分でもよくわからない。なのにすべきだという確固たる思いはあった。

「前とおなじように自転車は荷台に載せていきます。お願いです、私を信じてください」

「あんたを信じようと信じまいと、なんで芙美子と会わなあかんの？」

「会いたくないんですかっ」

郷力はなにも言わず、はったと睨《にら》みつけてくる。

「動画で着ていた着物、芙美子さんの小中高、それに大学の入学式と卒業式には着ていたそうですね。あれを見て、芙美子さんは涙ぐんでしまったと言っていました。お願いです。仲直りしろとは言いません。一目会ってあげてください。芙美子さんはいま、厄介で無理ゲーな仕事を抱えこんでいます。でも逃げずに頑張っているんです」

みなほは目頭が熱くなってきた。いつまでもここでぐずぐずしているわけにはいかない。すると郷力が電動自転車のカゴからぱんぱんのトートバッグを取ると、肩にかけながらこう言った。

「なにぼやぼやしとるん。時間ないんやろ。早《は》よ、自転車を荷台に載せたらどうや。私は先ぃ車、乗っとるよ」

うぐぐぅぐぐ。

郷力の態度は腹立たしかったものの、いまは堪《こら》えるしかない。電動自転車を荷台に載せ、ゴムバンドで括《くく》り付ける。そしてグックーに乗りこむ。

「あいかわらず狭い車やね」

「車なので成長して大きくなることはありません」

「面白いこと言うやないの」

そう言いながらも郷力は全然面白そうではない。

俺、このひと苦手なんですけど。

グックーが不平を洩《も》らす。

私もだよ。

空港まであと十分もかからない。六時にはギリギリ間に合いそうだ。

三世代前のスマホは曲をかけっ放しだった。グックーがふたたび走りだしたときは『フラッシュダンス…ホワット・ア・フィーリング』だった。

みなほさん、このひと、足でリズム取ってます。

それだけではない。小さな声で唄《うた》ってもいる。どういうわけか日本語だ。不思議に思い、横目で窺《うかが》うと目があってしまった。

「なんや？」

「いえ、あの、いま日本語で唄っていませんでした？」

「日本語のカバーソングがあるの知らんの？　私が二十代の頃、テレビドラマの主題歌で大ヒットしたんやで」

みなほが生まれる遥《はる》か昔だ。知るはずがない。

「どんなドラマです？　やっぱダンサーの話ですか」

「ちゃう。スチュワーデスの話や。いまで言うキャビンアテンダントの訓練生で、ドジでノロマな亀みたいな女の子が主人公やった」

「そんな子がキャビンアテンダントになれるとは思えないんですけど」

「そこが話のミソやないか。そう言えばあんた」郷力がみなほの横顔をしげしげと見ている。「あのドラマの主人公に似とらんこともないな」

「私がドジでノロマな亀だって言うんですか」

「そんなわけあるかい」と否定するので、褒めてくれるのかと思いきや、そうではなかった。「強いて言えばやたらと吠《ほ》える犬やな。それも小型犬や」

「だったら郷力さんはサル山のボスザルですね」

わざわざ言い返さなくても。

グックーに注意されたがもう遅い。郷力にどやされるのではと覚悟する。ところが彼女の反応は正反対だった。ぷっと吹きだし、声をあげて笑ったのだ。

「なかなか言うやないの」

「ど、どうも」

郷力はさらに笑いつづける。

だいじょうぶですかね、このひと。

グックーが不安がるのも無理はない。みなほもちょっと怖かった。


グックーを空港の駐車場に停め、旅客ターミナルに着いたら、芙美子さんに連絡するつもりだったが、その必要はなかった。入ってすぐ、ロビーに彼女がいたのである。

「お母《か》んやないの。どうしたん？」

「この子に」と郷力はみなほを指差す。「拉致《らち》られたんや」

「ここへくる途中にお見かけしまして、せっかくなので。あ、郷力さん、車ん中で渡したあれを」

「わかっとるって」郷力は芙美子さんに手提げの紙袋をさしだす。「熟《な》れ鮨《ずし》や」

「ありがと」

「そしたらいくわ」

「うん」

いやいやいや。

「十年振りに会うんですよね」

「だからなんや」と郷力。

「だったらもう少しなんかないんですか」

「なんかって？」これは芙美子さんだ。

「そう訊《き》かれると困るんですが、なんかあるじゃないですか、懐かしさのあまりハグするとか」

「だれがするねん、そんな真似」

郷力が吐き捨てるように言う。

グックーん中ではノリノリだったくせに。なんだよ、まったく。

「ごめんね、期待に沿えなくて」芙美子さんは笑った。「思ったより老けてないから安心はしたかな」

「あんたも四十歳には見えん」

「まだ三十九や」そう言ってから芙美子さんはみなほに視線をむけた。「これ以上話していたら、喧嘩《けんか》になりかねないからもういくね」

「あ、はい」

「お母ん、元気で」

「あんたもな」

かくして三分にも満たない、感動のかけらもない母子《おやこ》の再会はおわった。

ジャンクワシャン、ジャンクワシャン、ジャンクワシャンッ。

中華鍋《なべ》とお玉が奏でる音が聞こえてきた。赤星が額に汗を滲《にじ》ませながら、直径六十センチの中華鍋を振ってつくっているのは主菜Aの八宝菜だ。野菜の八割方は白波町産で、エビとイカは先ヶ崎漁港で仕入れてきたものである。

「なんでわざわざ細切りにした大根をまたいっしょにせなあかんのですか」

甲高い女性の声が厨房《ちゅうぼう》に鳴り響く。副菜Aのハッシュド大根にケチをつけているのだ。

「これやったら輪切りにしてチーズとベーコン載っけて焼けばええやないですか」

「ハンバーグかてミンチにした肉をこねてまとめて焼くやろ。それといっしょや」

郷力が眉間《みけん》に皺《しわ》を寄せつつ言い返す。

「せやかて」

「文句はあとで聞く。さっさとおやり」

口を尖《とが》らせながらも、女性は郷力とふたり、銀色の平たい容器に、ハッシュド大根の具材を並べていく。これをスチコンで焼くのだ。

女性は美園の後釜《あとがま》、どこにも〈そ〉がない田代萌恵だ。はじめのうちこそ清楚《せいそ》な見た目どおり、おとなしく働いていたのだが、半月もするとメッキが剝《は》がれてきた。中身はヤンキーだったのである。仕事上の問題はないものの口数が次第に増えていき、いまのようになにかにつけ文句が多かった。

指導係を自ら請け負った郷力は、田代の相手だけでパワーを使い果たしてしまうのか、みなほに対してつっかかることがめっきり減ってしまった。それはそれで、少し寂しくもあった。

「主菜B、カマスの煮付け、できあがりましたぁ」

スチコンからだしながら、佐藤が大きな声で言う。今日のパートのもうひとり、塩崎は巨大なボウルにレタスやミニトマトなどの生野菜を入れて、みかんのノンオイルドレッシングで混ぜあわせている。

菊之助がスパテラでかき回しながら、釜でつくっているのは豚汁だ。つい先日、彼の友達に会った。先ヶ崎漁港の買いだしに連れてきたのである。夜遅くまでオンラインゲームをしたり、いっしょに釣りへいったりしていたので、てっきり男の子かと思っていたが、女の子だった。カノジョなのかなんて下世話な質問はだれもしなかった。しかしふたりがお似合いなのはたしかだった。

そしてまた菊之助はここ最近、忠信とつるむことが多くなった。典蔵が来年、とはつまり五日後には東京支社の支社長になる。当然ながら〈発酵だョ!全員集合〉の製作はもうできない。忠信をはじめ発酵仲間の面々は機械に疎く、この先どうしようというところに、俺でよかったらと菊之助が典蔵のあとを引き継ぐことになったのだ。発酵食品にも興味を抱き、忠信に教えてもらい、自宅でぬか漬けをはじめたという。

じつは忠信にお願いしたいことが、みなほにはあった。瀬里奈ちゃんのサンタクロースからプレゼントされたという、グックーのテーブルをつくったのが、だれあろう、忠信だったのである。赤星が直《じか》に頼み、お子さんのクリスマスプレゼントならば、とタダでつくってもらったそうだ。はたしてイイ大人の私にもつくってくれるだろうか、たとえつくってくれてもタダというわけにはいかないよなと考えあぐね、いまだ頼めずにいた。

じゅわぁあああぁあ。じゅわわわぁぁぁあ。

みなほはフライヤーで、かき揚げを揚げている。均一に穴が開いた円柱の容器が縦二列横三列に並んでおり、そこへたまねぎやにんじん、エビなどが入ったタネを注ぎこみ、二分ジャストで揚がった。

今日は十二月の第四金曜、仕事納めの日で、麺類《めんるい》は年越しそば一品のみ、その上にのっけるかき揚げだ。

結局、東京には戻らなかった。

郷力と芙美子さんの再会のあと、みなほは社宅に帰って、午後七時、統括マネージャーとリモートでその件について話した。

みなほはまず、社員食堂一般開放のプロジェクトチームのリーダーとして迎え入れてくれるのであれば帰ってもいいと条件をだした。しかし統括マネージャーは難色を示し、論すようにこう言った。

きみが優秀なのは認める。だが会社にはパワーバランスというのがあるんだ。若い女の子がいきなりリーダーになると、快く思わない社員が大勢いる。きみだって仕事がしづらくなるだけだ。

承諾されるはずがないとだした条件ではある。だがこうもあからさまに言われると思っていなかったため、みなほは苦笑せざるを得なかった。

ならばどうでしょう。わざわざ私を東京に戻さなくても、こうしてリモートならば、いくらでも相談に乗れますし、クライアントや業者との打ちあわせにも参加できます。少し時間をいただければカード会社の社員食堂をリニューアルしたときの過程をレジュメにして提出します。

統括マネージャーはいかつい顔をさらにいかつくした。やがて彼は麻布十番でみなほと働いていた先輩栄養士の名前を口にした。彼女を社員食堂一般開放のプロジェクトチームに迎え入れ、みなほとの窓口にしようと提案してきたのだ。

私はここにいていいんですね？

そういうことだ。

ありがとうございます。

それからというもの、週に二、三回は先輩栄養士とリモートで打ちあわせを重ねている。彼女によれば、おなじく麻布十番でいっしょだったベテラン料理長もプロジェクトの一員になるはずだったが、彼のほうから断ってきたらしい。異動先である房総半島の南端が性にあい、みなほと同様、カントリークラブのレストランで地産地消のメニューをつぎつぎと提供しているとのことだった。

社員食堂開店まであと十分となった。

みなほは自分で揚げたかき揚げを提供カウンターに運ぶ。その他、機器の最終チェックをおこなう。すべてオッケーだ。

郷力と田代がまたなにか言いあっている。でもふたりの様子はなんだか微笑ましく思えた。傍《はた》から見ると、親子っぽいからかもしれない。

郷力のほんとの娘、芙美子さんとはやりとりがつづいている。十二月には三回こちらにきていたが、残念ながらお互い調整がつかず会えていなかった。

つい先日、芙美子さんから動画が送られてきた。鼻穴洞窟《どうくつ》で会ったとき、ドローンが撮影したものだった。穴の前に立つみなほがバッチリ写っている。

〈仕事でつらかったり疲れたりしたとき、この動画を見るようにしています。そんな私に、がんばれ、挫《くじ》けるなと日元さんが励ましているように思えてならないのです〉

ただ単に舞い上がるドローンを見上げていただけに過ぎない。だがたしかに真剣な表情ではある。

がんばれ、挫けるな。

みなほは声にださず、口の中で言う。

十一時半。お腹を空《す》かせた社員達が訪れる。

主要参考文献

『栄養士・管理栄養士のためのなぜ?どうして? 6 給食経営管理論 第2版』医療情報科学研究所(編) メディックメディア 2018年

この作品の執筆にあたり、左記の方々にご協力をいただきました。心より感謝申し上げます。

角川食堂 料理長 池田美裕さま 管理栄養士 浅野結香さま
株式会社グリーンハウス 所長 米倉明生さま 管理栄養士 木崎初喜さま
株式会社トーハン 岩崎力さま 實川友美さま

本書は書き下ろしです。

社《しゃ》員《いん》食《しょく》堂《どう》に三《み》つ星《ぼし》を

山《やま》本《もと》幸《ゆき》久《ひさ》

令和6年 9月25日　初版発行

発行者●山下直久

発行●株式会社KADOKAWA
〒102-8177　東京都千代田区富士見2-13-3
電話　0570-002-301（ナビダイヤル）

角川文庫 24315

印刷所●株式会社暁印刷
製本所●本間製本株式会社

表紙画●和田三造

◎本書の無断複製（コピー、スキャン、デジタル化等）並びに無断複製物の譲渡および配信は、著作権法上での例外を除き禁じられています。また、本書を代行業者等の第三者に依頼して複製する行為は、たとえ個人や家庭内での利用であっても一切認められておりません。
◎定価はカバーに表示してあります。

●お問い合わせ
https://www.kadokawa.co.jp/（「お問い合わせ」へお進みください）
※内容によっては、お答えできない場合があります。
※サポートは日本国内のみとさせていただきます。
※Japanese text only

©Yukihisa Yamamoto 2024　Printed in Japan

ISBN 978-4-04-114371-1　C0193

◇◇◇

角川文庫発刊に際して

角川源義

第二次世界大戦の敗北は、軍事力の敗北であった以上に、私たちの若い文化力の敗退であった。私たちの文化が戦争に対して如何に無力であり、単なるあだ花に過ぎなかったかを、私たちは身を以て体験し痛感した。西洋近代文化の摂取にとって、明治以後八十年の歳月は決して短かすぎたとは言えない。にもかかわらず、近代文化の伝統を確立し、自由な批判と柔軟な良識に富む文化層として自らを形成することに私たちは失敗して来た。そしてこれは、各層への文化の普及滲透を任務とする出版人の責任でもあった。

一九四五年以来、私たちは再び振出しに戻り、第一歩から踏み出すことを余儀なくされた。これは大きな不幸ではあるが、反面、これまでの混沌・未熟・歪曲の中にあった我が国の文化に秩序と確たる基礎を齎らすためには絶好の機会でもある。角川書店は、このような祖国の文化的危機にあたり、微力をも顧みず再建の礎石たるべき抱負と決意とをもって出発したが、ここに創立以来の念願を果すべく角川文庫を発刊する。これまで刊行されたあらゆる全集叢書文庫類の長所と短所とを検討し、古今東西の不朽の典籍を、良心的編集のもとに、廉価に、そして書架にふさわしい美本として、多くのひとびとに提供しようとする。しかし私たちは徒らに百科全書的な知識のジレッタントを作ることを目的とせず、あくまで祖国の文化に秩序と再建への道を示し、この文庫を角川書店の栄ある事業として、今後永久に継続発展せしめ、学芸と教養との殿堂として大成せんことを期したい。多くの読書子の愛情ある忠言と支持とによって、この希望と抱負とを完遂せしめられんことを願う。

一九四九年五月三日

角川文庫ベストセラー

ヤングアダルト　パパ　山本幸久夏休みもあと数日。中学2年生の静男は、生後5ヶ月の赤ん坊を負ぶり保育所を探していた。もうすぐ二学期が始まる。急がなきゃ。途方に暮れながらそれでも、静男は優作を守ろうとするのだが……。

誰がために鐘を鳴らす　山本幸久廃校間近の高校に通う錫之助は、ひょんなことからハンドベルの音色に魅せられ、偶然居合わせた3人の同級生と部を結成することに。女子高との合同練習を目当てに始まった部活動だが、演奏は意外に面白くて!?

ふたりみち　山本幸久

「あなたに逢えてよかった」失くした金のためドサ回りに復帰した67歳の元歌手。彼女の歌に涙するのは12歳の家出少女。笑って笑って……ラストは。『愛の讃歌』に乗せて唄い上げる感動の人生。

猫目荘《ねこのめそう》のまかないごはん　伽古屋圭市まかない付きが魅力の古びた下宿屋「猫目荘」。再就職も婚活もうまくいかず焦る伊緒は、様々な住人たちと出会い、旬の食材を使ったごはんを食べるうち、〝居場所〟を見つけていく。おいしくて心温まる物語。

潮風キッチン　喜多嶋　隆突然小さな料理店を経営することになった海果だが、奮闘むなしく店は閑古鳥。そんなある日、ちょっぴり生意気そうな女の子に出会う。「人生の戦力外通告」をされた人々の再生を、温かなまなざしで描く物語。

角川文庫ベストセラー

みかんとひよどり　近藤史恵

シェフの亮二は鬱屈としていた。料理に自信はあるのに、店に客が来ないのだ。そんなある日、山で遭難しかけたところを、無愛想な猟師・大高に救われる。彼の腕を見込んだ亮二は、あることを思いつく……。

キッチン常夜灯　長月天音

街の路地裏で夜から朝にかけてオープンする〝キッチン常夜灯〟。寡黙なシェフが作る一皿は、一日の疲れた心をほぐして、明日への元気をくれる——がんばりすぎのあなたに贈る、共感と美味しさ溢れる物語。

エミリの小さな包丁　森沢明夫

恋人に騙され、仕事もお金も居場所もすべて失ったエミリに救いの手をさしのべてくれたのは、10年以上連絡を取っていなかった母方の祖父だった。人間の限りない温かさと心の再生を描いた、癒やしの物語。

株式会社シェフ工房　企画開発室　森崎緩

憧れのキッチン用品メーカーに就職した新津。製品知識のない営業マンや天才発明家の先輩、手厳しい製造担当など一癖あるメンバーに囲まれながら悪戦苦闘。便利グッズを使ったレシピ満載の絶品グルメ×お仕事小説！

キッチン　吉本ばなな

唯一の肉親であった祖母を亡くし、祖母と仲の良かった雄一とその母（実は父親）の家に同居することになったみかげ。日々の暮らしの中、何気ない二人の優しさに彼女は孤独な心を和ませていくのだが……。